Whispers Through the Willows
Volume Four

柳樹浪漫

Presented by
moscareto | Tsukimi Ayayoru | Yen-Chi Hsu

※小說中的背景及設定皆為虛構，與現實中的人物及地名沒有關係。
※此小說以韓國解放後未分裂之君主立憲制的虛構現實為背景著作。

目錄

Whispers Through the Willows
Contents

버드나무 로맨스

Whispers Through the Willows

第15章

因為害羞起來的韓常環實在是太可愛了，李鹿才會為了鬧他故意開這樣的玩笑。

結果當話一說出來，心裡就變得真的想這麼做。

嗯……雖然要讓韓常環的舌頭去碰觸自己射出的精液，感覺真的不是很好。但乳白色的精液被推入他那窄小的內壁後流出來的樣子……儘管有一絲絲的不適，但似乎仍是個能欣然接受的色情場面。

不需要用任何道具，光是用舌尖觸碰尾椎附近，應該就會讓他顫抖起身體了吧？而當咬上那胖呼呼的屁股時，韓常環一定又會忍不住射精吧？

「呃、呃嗯、不、不行……不……住手……」

「怎麼了？很痛苦嗎？」

「嗯……感、感覺就像……要死了……」

韓常環變得鬆軟的小洞輕柔地含住並吞下生殖器，第一次嘗試的時候，明明就連半個生殖器都很難進入，但小洞現在卻非常熟悉地將生殖器吸入到最深處。

雖然這樣的表現方式聽起來有點低級，但這確實是用來描述現況的最佳方式，韓常環每一次的緊縮與鬆懈，硬挺的生殖器就會因為一股微小的壓力，而漸漸往深處走去。

「殿、下、啊、啊啊……」

但是，與身體凌亂不堪的反應不同的是，韓常環的呼呼氣喘聲確實跟以前不太一樣，也是……那吞入他生殖器的小穴一直都被插著，又經歷長時間的晃動，的確是會累。

「如果這樣還是覺得太痛苦的話，我再射一次後就結束，可以嗎？」

「沒關係，那、嗯、沒關係……我可以……」

「那要不要站起來做？我抱著你，你把腿纏在我的腰上……」

「啊、不……不要……那樣……」

韓常環低著頭搖了搖頭，看來是想躲開會更刺激深處的體位。

「我想躺著……看、看著殿下……一邊……一邊做……」

李鹿緊繃的大腿頓時鬆懈下來，在抓住韓常環那要往前傾的腰並抬起上半身時，也許是因為刺激內部的角度改變了，讓韓常環發出「嚇」一聲的大力聲響。

「那我盡量不摩擦到你的背部。」

開啟的蓮蓬頭所灑出的水灑向李鹿的肩上，反正他的體格高大許多，如果用傳教士體位做的話，水是不會噴到韓常環的鼻子或嘴巴上的，李鹿只是擔心他與地板相觸的嫩肉會被磨破或是受傷而已。

「沒……沒關、係……殿下……」

李鹿一邊在腦海裡做出各種計算，一邊讓韓常環的身體躺下，而他那支支吾吾的嗓音似乎有點不尋常，偷瞄自己的臉更是一點血色都沒有。

「常瑮。」

「不、不……快、快點……」

不久前的他，臉上還紅通通的，現在臉色慘白得彷彿沾上一層麵粉的陌生樣貌，讓李鹿開始焦急，於是便快速地將插在洞裡的生殖器拔出，再匆忙地將韓常瑮變得軟趴趴的身體轉了過來。

是感冒了嗎？但剛才一直都在灑熱水啊……而且也一直抱著他啊……看來這樣還是不夠……

「不舒服就說……」

「啊、啊、啊！」

韓常瑮巨大的呻吟聲與李鹿責備的話語同時從各自的口中流出。

如果難以承受，就該早點說啊，為什麼要忍住。李鹿本來想觀察一下目前狀況不太尋常的韓常瑮，但是……

「呃、啊啊、不、不……行、啊呃……」

李鹿連詢問理由的時間都沒有，韓常瑮的龜頭和身後的洞就如同噴水般，噴出有如清水的透明液體。

「啊……呃、呃嗯……」

剛才第一次射精時，他的精液都流出牛奶白的顏色。

而韓常璟現在卻不一樣，不是那種「噗」一聲射出來的那樣，而是在「砰」一聲後，被巨大的水柱衝撞肌膚的感覺。

「請、請別……嗯……看，呃啊……啊！」

當韓常璟纖弱的身體就像插在魚叉上的魚大力顫抖，剛才不停流洩出的透明液體便再次大力傾瀉出來。

「對……對不起，我、我這……」

韓常璟將手伸向李鹿，卻又難為情地收回來。那多次反覆猶豫，不知該如何是好的純真臉龐，也許是因為感到害羞，因而沾染上了鮮紅色。但韓常璟可能也因為驚嚇緣故，臉上同時帶了點驚訝的慘白。

「明明不是小孩子了……居然還犯下這種疏失……」

李鹿本來想告訴韓常璟沒關係，告訴他剛才那些液體並不是小便……但總覺得不論現在說什麼，韓常璟似乎都會大哭起來。

「我、本來……是想忍住的……」

韓常璟那好似潰堤而傾瀉而出的透明液體不僅沾溼李鹿的上半身，甚至連他的臉和鎖骨也沾上不少。

「對不起……」

雖然李鹿叫他別這樣，但韓常璟每天都把「對不起」掛在嘴邊。

他慘白的臉嘀咕著「對不起」時發出的嗓音，感覺卻和平時完全不同，感覺像是充滿了恐懼，也像是對自我感到厭惡。

看來韓常璟對於自己的身體變化……也就是在射精後，射出這麼多連小便也不是的不明液體，感到十分驚慌。

「嗯……常璟，那個……」

李鹿聽說達到高潮頂點的Omega會從尿道流出透明色的體液，那是有如愛液的透明液體，會如爆炸似地傾洩而出。

雖然李鹿是第一次看到這樣的景象，確實有點驚訝，但站在另一半的角度來說，這完全不會讓人感到心情不悅。或者應該說，他反而會覺得很開心，因為這就代表韓常璟對這場性愛感到相當滿足。

「那個……殿下，您的臉……」

韓常璟板著紅得宛如楓葉的臉，唯唯諾諾地指了指李鹿的嘴角。真不知道他到底有多麼害怕，那好不容易提起的手指看起來比新生兒的力氣還要小。

「啊……沒關係。」

李鹿用手背隨意抹了抹下巴，而頭上的熱水也不停歇地往下澆，那滿滿的透明色液體早已被抹去。

「呃……」

「你是因為害羞才這樣的嗎？但那又不是什麼怪事。」

「我、我知道。」

「……你知道？」

「對，因為我之前也曾經那樣過……」

「之前？什麼時候？跟我做的時候？」

「對，在……在您的浴室做的時候……」

「什麼？」

奇怪，這麼情色的光景，當初怎麼沒看到呢？

李鹿委屈地開始回想過去的記憶，他怎麼可能會忘記如此誘人的場面呢……啊啊！

「難道是你用大腿磨蹭我的生殖器時？」

「對……」

「那你今天為什麼要這麼難過？明明就知道這不是什麼異常。」

「可、可是噴到您的臉上了啊……而且上次沒讓您看到，可是現在……我的雙腿像、像這樣……全都打得開開的……」

韓常瑮說著「這樣射出來的樣子，不就全都被殿下看到了嗎」，眼眶還泛著淚，李鹿手輕輕一碰，透明的液體就像是爆炸似地湧現。

天啊，他到底該拿這既色情又純真的戀人怎麼辦才好……

「我並不討厭你那種樣子，嗯……要我說得更明確一點嗎？其實我很喜歡你那種樣子。」

李鹿抓著韓常瑮的手，觸碰在自己硬挺的下體上。

「你如果不喜歡我這樣，那我也無話可說……但看著你時，我的下面都會躁動到像是快爆炸一樣。」

因為無法用手一把抓住的體積，而困惑得歪頭的韓常瑮真的好可愛，怎麼辦？實在是可愛到想將他直接吞下。

「不管怎樣我都沒關係……以後不要害怕，全都展現給我看吧。」

「可是……」

韓常瑮轉了轉眼珠子，看來是很難斷定剛才的話是在安慰尷尬的自己，還是是真心話。

「真的啦，就算你爬到我臉上來也沒關係，好，下次我會吸吮你的洞，到時……」

「殿、殿下！」

韓常璟就像是聽不下去了似地，大力地搖起頭，不僅是耳垂和頸部，就連鎖骨下方也變得紅通通的。

李鹿緊緊咬了一下韓常璟的下唇，露出大大的笑容。

糟了，他不開心的臉就像是小動物一樣，讓人不禁想對他一番捉弄。

「就算熱水開著……但如果這樣繼續待著，一定會感冒的，我先幫你洗澡吧。」

「呃，可是……」

李鹿扶起韓常璟不停顫抖的身體，而韓常璟在乖乖順從他的意思同時，也像是有點不安地瞥了瞥李鹿的下面。

「但是……您不是……還沒做嗎……」

「我是因為覺得插在你體內的感覺實在是太棒了，所以才會想一直撐在那裡，這部分我會自己看著辦……」

「呃、不、不……不是那樣的……」

韓常璟小心翼翼地抓住李鹿的前臂，也許是剛才一直碰到水的關係，指尖變得比平常還要腫脹。

「怎麼了？」

韓常璟咬了好幾次散發著水光的嘴唇後，好不容易才開了口。

「那個……您得射在……裡面……這樣我的身體才……」

「啊……啊啊，對喔，對耶。」

是啊，太過於專注在與他的性事上，根本就忘了最重要的目的。

當初就是因為稚嫩的戀人小心翼翼地拜託自己，表示若接受這種快樂，體內熱氣應該就能消退，才會點燃這把火……

「我會快點結束的，畢竟你這麼痛苦……」

「對……」

「你要是再說對不起，我就真的讓你坐上我的臉喔！」

韓常璟嚇得「呃」了一聲後，屏住氣息。

「是……我、我不會再說了……」

從韓常璟慢吞吞地將手纏上頸部的樣子來看，似乎也很討厭那樣。

李鹿突然產生想舔舐那對長睫毛的想法，因為從上方俯瞰下去，韓常璟的臉頰就那樣圓滾滾地矗立著，讓人很想直接捏他的臉頰。

他很想舔去韓常璟的淚水，盡情地寵愛他。嗯……李鹿開始認真思考他是不是真的有虐待的嗜好。

「我馬上開始，不繼續說了。」

韓常璟深埋在李鹿懷裡的臉微微地顫抖一下，當觸碰到韓常璟因緊張而僵硬的肩膀時，溫暖的氣息便在對方脫得精光的身體上蔓延開來，正好就是心臟附近的位置。

「你在做什麼？」

韓常璟的身體就像是觸電似地抖了一下。

——雖然很抱歉，但因為我的腰實在是太痛了，後續的整理就麻煩殿下了。而且再加上很冷，我想先把衣服穿起來了……

韓常璟向李鹿道出這些爛藉口後，搶先一步離開浴室，打算藏好那個可疑的藥瓶。

「你幹麼這麼驚訝？」

「啊，我想先把明天要讀的書拿出來。」

本來韓常璟以為自己的動作會像一個木偶般僵硬，好險李鹿並沒有說什麼。

李鹿似乎是覺得因為不久前在那麼窄的淋浴間纏綿了好一陣子，才會讓身體有點痠痛。

「身體怎麼樣了？」

「我沒事。」

「真的嗎？有消退的感覺嗎？」

啊……原來他是在問那方面的事啊……韓常瑮尷尬地輕輕點了點頭。

「好很多了……」

「太好了，我去跟廣惠院商量看看，找找看有沒有你能吃的抑制劑。不過因為我想盡量不用趙東製藥所製造的藥品……尋找時間也許會花得久一點，畢竟也只能從海外運來。」

韓常瑮雖然最先也想到抑制劑，但根本就不知道那些藥是否能對並非真正Omega的他起作用。

畢竟殿下也是為了他好才會這麼說的，出於不想潑殿下冷水的心態，韓常瑮難為情地點了點頭。

「那我們來睡覺吧！」

李鹿用頭指了指床的方向，看了看時鐘，距離吃早餐的時間也剩不到幾小時了。

「您明天也會很忙吧？」

「明天的工作不是什麼困難的工作，只是移動的距離有點長，早上在首爾，下午得去大田和釜山。」

李鹿雖說不難，但也不簡單，光是一天之內要前往這麼多地方就已經夠累人了。李鹿還要穿著不方便的正式服裝，一直在滿滿的鏡頭和人們面前維持笑容。

為了不被記者們的問題問倒，必須事先將腳本背得滾瓜爛熟，更不用說還要遵守春秋館給的無數規範與規矩，同時要與鄭尙醞及詩經院員工們討論，並仔細確認這次行程中能動用到的人、團體和企業……

在這分秒必爭的情況之下，李鹿還是如此配合著他，這點讓韓常璟感到無比抱歉與感謝。

「那個，殿下……」

「嗯。」

「您剛才不是說……您見到了韓元碩嗎？」

「啊啊，對啊。」

「那有沒有任何與我有關的事情……是我能幫得上忙的？」

雖然韓常璟不知道殿下怎麼會與韓元碩見面，但那隨口一說的話語，也就是「想將趙東製藥還給他」這句話，似乎是認真的……

「我也想做點什麼……」

李鹿默默地盯著了一會，將手伸向韓常璟的後頸，緊緊抱住眼前的人。

「你至今為止不是一直都過得很辛苦了嗎？所以你現在什麼都不做也沒關係，只要像這樣待著就行了。我們就像同齡的好友一樣一起讀書寫字，懂了嗎？」

李鹿說了「還有」之後猶豫好一陣子，最後卻什麼話也沒接續下去。

他大概是在擔心韓常環經歷過的那些事吧？

雖然韓常環也不是不知道應該要心懷感激，但是他真的不想明知愛人背負起自己的不幸，卻還是默默地躲在後頭。

「我不是跟您約好了要做出改變嗎？我不想再繼續像以前那樣，只是一味地接受他人的好意。」

「如果您覺得可以的話……我可以參加像是特殊體質的活動，又或是採訪……這種程度的事情，我還是可以的。不，應該說我想做，當然，我沒有什麼知識，頭腦也不太好，所以可能沒辦法幫您太大的忙……」

「……韓常環。」

「但只要是您的吩咐，不論是什麼事情，我想我都能做。我在成永堂的時候，可是對韓會長發了脾氣，自己一個人走出那裡呢。」

韓常環無法抵抗韓會長要他去死的指令，但在那天來臨之前，他打算努力地跟在李鹿的身後。

如果有機會獻出這微不足道的性命，那直到最後的最後，韓常環都想鼓起勇氣。

「嗯……」

李鹿沒有張口，只是用喉嚨發出聲響，避開確切的答案。

在李鹿小心翼翼地將韓常瑮散落的瀏海往後撥的輕撫之下，他緊閉雙眼後再次睜開的眼神裡，似乎藏有不少想法。

「今天……啊，不對，已經算是昨天了。」

李鹿一邊在枕頭上磨蹭著臉，一邊朝韓常瑮靠過來。

該怎麼說呢？因為李鹿看起來就像隻大型草食動物，搞得韓常瑮忘記當下認真的氣氛，差點就要大笑出聲。

「我很努力地煽動韓元碩。」

「煽動？」

「近期會召集股東，我們打算奪去韓會長的經營權。」

「咦？這……這真的有可能嗎？」

「當然要把事情弄得有可能囉，我上次應該也稍微提過了吧？將韓元碩的股份和你的股份加在一起的話，可能性就會變得非常大。」

雖然李鹿上次也大致說明過，但當時的韓常瑮根本不相信，雖然他說韓會長留在自己身邊的財產數字非常龐大……但真的可以隨心所欲地使用那些錢嗎？對方不是別人，那可是韓會長耶！

就算理論上是一件可行的事情，但他可不是一名會任由底下將自己踢下臺的人。

「那……要怎麼把韓會長趕下臺？」

「有個東西叫股東大會……嗯……簡單來說，就是一群支持將韓會長拉下臺的人，以及反對將韓會長拉下臺的人一起進行的一場會議。你只要把它想成是像你這樣擁有趙東製藥相關股份的人可以參加並提出意見的場合就行了，這在法律上也是既定的程序，大家都必須遵照會議上所決定的事情。」

「啊啊……」

「所以我會加緊腳步處理，不讓這件事產生任何的漏洞。因為人一多，祕密就一定會流出去，甚至還會關係到股價的漲跌，我不能讓韓會長處於有利狀態。」

畢竟這是個哪怕只有一點點差異，但只要是誰手上持有的股份多，就對誰有利的一場遊戲。一定會有不少人會趁勢將開高價賣出。最糟的情況就是，有可能只會增加韓會長的財產。

「在大家為了股份而爭鬥時，韓會長一定會看準機會使出計謀。既然我都將話說出口，動作就要快。」

「原、原來如此……」

「好，在這個部分，有個必須由你來思考的地方。」

正當韓常璟覺得這一輩子都不會跟自己扯上關係的事情被說出口，本來就已經很緊張的他在聽到李鹿突如其來的話語，更是嚇得緊咬嘴唇並望向李鹿。

「如果你在這種時候以趙東製藥小兒子的身分突然露臉，應該會讓殺傷力變大吧？畢竟對外，你的確是韓會長所珍愛的小兒子，也是李皇子的訂婚對象……如果至今為止都不曾露過面的人接受採訪、參加活動的話……」

「這樣會對您造成不利嗎？」

李鹿不久前提及了殺傷力。他不是用視線或騷動，而是選擇那樣的詞彙，這其中一定有什麼理由。

「嗯……這個嘛……其他我是不知道啦，但可以確定的是，你會聽到很多不好聽的話，像是備受寵愛的小兒子居然跟長男聯手，將自己的老爸拉下臺。畢竟你到那時會成為被媒體積極用在各處的好題材。」

「就算聽到那些難聽的話我也無所謂，但如果我因為想幫忙而出面，最後卻只會讓您變得更辛苦的話，那我還是乖乖別動好了。」

「怎麼會沒關係？」

李鹿以著一副像是光用想像就覺得討厭的表情皺緊眉頭，他不知道該怎麼向韓常璟說明這既恐怖、又明明是不知道也沒關係的事情。

「殿下，您知道韓會長的人都怎麼稱呼我嗎？」

李鹿停下本來左右搖晃的頭，並緊緊地盯著韓常瑮。

「他們都叫我男妓。」

李鹿與韓常瑮對視的雙眼似乎瞬間凝結，像是在為了他不願說出口的話語而感到抱歉。而且韓常瑮還將他帶入這個光是用聽的都會覺得受傷的事情之中。

韓常瑮對李鹿可說是感到十分感激。

「我不是自願進入實驗室的……而且也不覺得那種實驗和行為是種享受。那些研究員們也都知道我的想法，但他們還是這麼稱呼。」

「我知道您想說什麼，有些人不會管事實的真相為何，只會看自己想看的東西、聽自己想聽的話……我也知道有那種為了自己的快樂而傷害他人的人。」

「但是不論世上的人們說什麼，都不會比趙東製藥的人曾對我說過的那些話還要惡劣、還要傷人。大概就是這樣吧……」

「……韓常瑮。」

「所以請您正向思考……我是真的沒問題。」

韓常瑮再也沒有臉望著李鹿變得心煩意亂的表情，反而決定鑽進他的懷裡。

「你不是說過嗎？並不是以分手為前提與我交往的，而您也一直在等我，等到我能夠鼓起勇氣……所以、所以……」

韓常瑮正在苦惱該怎麼下結語時，李鹿一直保持著沉默。

他為此感到些許不安，抬起他那埋在李鹿胸膛的頭時，頭頂上傳來好長一聲嘆息。

「原本明天上首爾後，我就打算找很懂這方面的人好好商議一下……我到時會尋求專家的建議看看，看看有沒有能交給你做的事情。」

李鹿大大的手環住了韓常瑮的腰部，距離變得比剛才更近，讓韓常瑮尷尬地顫動身體。

心臟為什麼會跳得這麼快？是因為害怕他會問自己是不是有所隱瞞……就是因為這樣，才會有人說做了虧心事的人活不久嗎？

韓常瑮強忍著氣息，生疏地抓住李鹿的腰間的某個地方。

「真是大事不妙。」

「嗯？」

「你以後如果又像這樣拜託我的話，我想我是絕對贏不了你呢。」

「喔喔……是不是我剛才做的……那個？枕邊風？」

「什麼？」

輕撫著韓常瑮背部的李鹿驚訝地抓住他的手臂。

「天啊，你這話又是從哪裡學來的？」

「書上有啊……這是不好的話嗎？」

「什麼樣的書？該不會是從題庫裡看到的吧？」

「不，不是題庫……那是申尚宮不久前給我的，說是很有趣的一本書。」

「書名是什麼？」

「《荒唐又情色的宮中野史》，雖然目前我只讀了一點點……」

也許是因為感到不滿，李鹿一聽到書名後，便馬上皺起帥氣眉毛。

殿下是不是不太喜歡這種東西？因為申尚宮說只要透露這本書的內容給宮人們，大家都會喜歡得要命。所以當初他才會感激地收下這本書……

「我明天馬上就沒收那本書。」

「為什麼？」

「宮內禁止這種危險書籍。」

李鹿原本就已經夠心煩意亂了，他表示自己嚇到可能等一下會睡不著，輕輕顫了顫肩膀。

「就是因為這樣，人們才會說連在小孩面前喝水都要小心。」

「可是我不是小孩子……」

「二十歲就是小孩子啊，不對，才不是小孩子，根本就是小寶寶。」

「咦？但殿下您也……」

「我二十三歲，而且馬上就要到冬天，到時我就可以算是二十四歲了。」

韓常琛癟起嘴，那這樣自己應該也能算是二十一歲吧？

「況且四捨五入，我也可以硬說是二十五歲，但你可不是。」

這話真的說得太牽強了。畢竟韓常琛也已經開始學習數學了，四捨五入這種東西，他也是知道的好嗎？

「別再亂想了，快點睡吧。」

「可是……」

「咳咳，大人在說話耶。」

李鹿用著老人的口吻說著，再次伸出手臂。在韓常琛因不滿而鼓起雙頰，並鑽入寬敞的懷抱時，他便笑了出來。

「殿、殿下？」

「也是，畢竟不能對小寶寶做這種事……」

韓常琛在李鹿用彷彿是搓揉麵團的力道揉起屁股時，便嚇得顫動身體。李鹿那雙大手便朝他的屁股輕拍下去。

「喔，確實不是小寶寶耶。」

就像是要安撫耍性子的韓常璟一樣，李鹿輕輕吻上他的額頭。

「快睡吧，我打算明天出一堆作業給你，讓你忙到沒時間看那些不好的書。」

韓常璟瞥向時鐘，馬上就要到鄭尚醞來帶走李鹿的時間了。

皇子在吃早餐之前，就有許多必須執行的任務，還有得義務性讀書的時間，嗯……好！

韓常璟悲壯地點了點頭，既然殿下這麼不讓他看，那他就更好奇那本書了。就在殿下睡著，處於半夢半醒的狀態時，偷偷把《荒唐又情色的宮中野史》藏在別的地方好了。當然，還有那個急忙推進書後的藥瓶也是……

Whispers Through the Willows

第16章

花、蝴蝶、竹子、鳳凰……

刻有各種美麗高貴之物的花壇上，飄浮著胖乎乎的雲朵，不論什麼時候看到都覺得很神奇，看起來毫不相關的事物居然能如此和諧地被放在同一個景象裡……

「有非得選擇晴煙樓的理由嗎？這可不是在這個季節裡會常來的地方啊。」

精緻的茶水和零食被放上桌，雖然看起來很簡單，但仔細一看，便發現它們無比精緻，就跟母后一樣。

「我需要能和母后安靜聊天的空間。」

儘管日程忙得不可開交，李鹿也還是一大早就跑來景福宮，就是為了可以與母親單獨聊聊。

「當然，我也滿喜歡晴煙樓的獨特氛圍。」

「特有的氛圍……」

因為四方都是敞開的閣樓，所以雖然吹進來的風有點冷，不過也許是因為地板溫熱的關係，反而讓心情好了起來。刻有十長生的煙囪，以及與精心設計的屋脊一同設計的暖坑，正是紫薇堂自豪的部分。

位於交泰殿東方的紫薇堂本來是皇室長輩們居住的地方，之前被稱為慈慶殿。但十多年前，在景福宮擴建與整頓的時候，就將房間數增加至五十五個，隨後在增加一個大殿後，便改名為紫薇堂。

雖然很多人都抱有疑問的是，儘管規模變得更大，名字卻不是殿而是堂，但目前皇室對於這個問題卻沒有做出任何答覆。

但從上往下俯瞰ㄈ字形的紫薇堂，就會有種像是在撐起交泰殿的感覺。從這點來說，幾乎就能猜測皇后在皇室內的聲量有多大了。

現在的皇后……也就是母親她日後成為皇太后入住紫薇堂時，也不知道這裡又會產生什麼樣的變化。

「話說您剛說要安靜地聊聊？從您口中聽到這句話，做母親的我還真有點緊張。」

皇后飲下茶水後輕柔地笑了笑，她的臉上其實根本感受不到任何一絲的緊張。

「聽說您最近很積極地在執行公務……」

「是的，既然已經退伍了、巡防也順利落幕了，那就該付飯錢囉。」

在李鹿吊兒郎當的語氣之下，正準備放下茶杯的皇后停下了動作。

「是啊，就算我上門，這輩子也不願露面的兒子會突然來到這裡，應該是有原因的吧……」

「是的，我有事情想找母后商量。」

「您該不會是想要造反吧？最近的行為舉止很不尋常喔。」

要說是玩笑，這內容也真是夠駭人。雖然皇后身分也是個問題，不過太子和李皇子不都是她本人的親生兒子嗎？

「如果是有關您最近主導的國策事業，已經有一堆人等著要金援您了吧？」

「怎麼會，我覺得這種程度剛剛好，再多我也會難以負荷。」

雖然李鹿嘴上乖乖喊著母后，但他其實從不覺得母后是個母親的角色。

母親就像是教科書上和各種史劇中，人們所想像的那種皇后。比起母親這個職位，她比較像是在皇后這個位子上，能將該做的事情做得很好，需要被好好侍奉的那種上位者。

儘管如此，李鹿也絕不是要怪母親冷酷，而是在宮裡妄想能得到普通家庭的家人們之間所擁有的歸屬感，反而是一件更奇怪的事。

如果覺得身為皇室成員的生活難以忍受，如果想要的是平凡的人生，那最好將頭上所戴的冠冕和手上所握的特權全數放下。

「我想您應該也很清楚，最近讓我最頭痛的，就是有關柳永殿的那個人。」

「我知道。」

「所以我有話想跟您說，但我沒自信您在聽了這話後會感到高興……」

李鹿一副不像是在笑，但也不是面無表情的模樣拿起桌上的零食。雖然母親看見他以手抓食物的模樣時，似乎挑了一下眉毛，但她的表情又馬上恢復成平時溫和的樣子。

「您找我，是為了看看有什麼好的解決辦法嗎？」

「這個嘛……」

雖然說是解決辦法，但皇后想要的東西非常明確。

不拖泥帶水，快速解決問題。

如果因為這件事鬧大而出現針對特殊體質的相關言論，對李鹿來說也不好，於是他打算就以倦於面對那些虎視眈眈的輿論為由來結束這件事。

至於柳永殿的醜事，則是不論趙東製藥得花上多少的錢，都得想辦法封口。

不管怎麼說，自從春秋館知道李韓碩吸毒的事情後，事情就已經有所解答了。畢竟，交泰殿只要在協議書上蓋個章就能結束一切的壓迫感實在是太強大了。

皇后明明知道這一切，至今為止卻還是不做個了斷，是為了要讓世人知道，連花宮內所發生的事情，李鹿本人的想法才最重要的。雖然他每次都大膽無禮地不屑一顧，甚至還會對禮服的顏色找碴，但就結論來說，他也還算是同意母親的立場。

但是現在的情況已經變了，李鹿打算與真正的韓常環維持婚姻關係，就如他昨天拜託的一樣。李鹿想讓韓常環這個名字浮出水面，在這種情況之下，究竟母親是否會選擇與他相同的選擇呢？

「既然選了一名虛有其名的訂婚對象，那就要讓他維持虛無的形象，一直到最後啊。」

皇后原本就很討厭李鹿和趙東製藥的Omega訂婚，雖然那的確是能斬斷人們對李鹿說難聽話的好機會，但是三年後一定要整理乾淨，這一點也是她多次向韓會長確認過的事。

因為李皇子突然被判定為Alpha，讓皇后同樣也身陷各種謠言。殘忍的人們口中道出的利劍並不是指向皇帝或是太子，而是朝著看起來更好欺負的皇后而去。

雖然皇后表現得一副像是不在乎別人怎麼說的樣子，但只要是人，心裡是一定會感到不舒服的。

Alpha？Omega？光是看到這兩個詞就已經夠令人頭痛了，現在連身為大麻煩的兒子的訂婚對象也是特殊體質……母親會翻白眼也是理所當然的。

「連柳永殿主人都當不成的人，成天在那吸毒作亂，這像話嗎？」

「您應該也早就知道，他一直都是如此揮霍度日的吧？」

「好吧，所以您是為了確認自己的媽媽知不知道這件事，才會一大早就將演講拋諸腦後，跑來首爾？」

「怎麼可能？但我的確是想談有關結婚的事。」

「結婚？」

「我有了喜歡的人，想讓那個人成為柳永殿真正的主人。」

突如其來的結婚宣言，讓皇后的臉上出現滿滿的問號。

這是第一次，李鹿覺得母親就像一名符合原本年紀的普通人，如果在這裡笑出來一定會打壞氣氛，於是李鹿稍稍轉了轉頭，作勢喝茶。

「我沒聽說過您有另外在交往的人。」

「他是連花宮的人，卻是一名不適合露臉的人，您不知道也是當然的。」

「什麼？你該不會在跟宮人交往吧？」

「不，他是趙東製藥的人。」

此時的李鹿，能感受到皇后靜靜呼吸的聲音。

「您說他是趙東製藥的人？」

居住在連花宮的外部人士原本就不多，而其中從趙東製藥來的人也不過三四個，回想起過去曾接獲的報告，皇后像是想到了什麼突然抬起了頭，在激烈的動作下，頭上裝飾用的梨花與鳥兒大力碰撞，發出了響亮的聲音。

「該不會是那個小兒子帶來的……像個丫鬟一樣的孩子吧？」

在皇后超乎預期的單字選擇之下，李鹿不禁乾咳了起來，再怎麼樣也該有個程度吧？什麼丫鬟……

「反正也沒有人知道『韓常璟』到底長什麼樣子啊。」

「呃……你現在是真的想讓那個丫鬟當正牌的？」

從李鹿的沉默中明白到答覆的皇后，馬上就搖了搖頭。

「年紀都這麼大了，這才明白您的想像力有多麼豐富，真的是嚇死我了。」

「令人驚訝的是，您稱為丫鬟的那個孩子，真正的名字就叫韓常璟。」

「……什麼？」

「現在在柳永殿的人是韓會長的私生子，他的本名叫李韓碩，在解除婚約之後，似乎打算以『韓常璟』這個名字繼續過活。」

「等等，這是什麼意思……為什麼硬是要讓私生子使用『韓常璟』這個名字進到宮裡？」

「想必他是認為讓私生子入籍後，條件也不足以能讓他成為皇室成員吧？還有，趙東製藥以他深愛的小兒子『韓常璟』之名，推動的法案也不少。」

「既然如此……難道韓會長打從一開始就……把一名跟自己一點血緣關係都沒有的Omega孩子，當作是自己的小兒子？」

「嗯……對，雖然其中還有更詳細的內幕，但以目前而言是這樣沒錯。」

「呃……」

「韓會長也知道我發現了這個事實。」

「可是……這根本就說不過去啊！他們怎麼會把事情處理得如此疏忽……」

「韓會長一定是認為不需要這麼努力花心思在處理連花宮的事吧？」

雖然李鹿表面上說是連花宮，但這就跟趙東製藥藐視皇室沒兩樣，而皇后也是位比起任何人都還要重視皇室權威的人。

「所以我在想……如果反過來把這件事鬧得更大，會怎麼樣？」

李鹿從懷中取出一個小小的包袱，並放到桌上。

「這是？」

李鹿所拿出的東西是一個不論在哪裡都很常見的普通拼布包袱。

「您打開看就會知道了。」

「講了一堆令人緊張的話題後再拿出這種禮物……讓我滿腦子只覺得您有不單純的意圖。」

「我的確就是基於那種意圖而拿過來的。」

「連這種玩笑都開了，那我是更加搞不懂了。」

皇后歪著頭並解開包袱上的結。

雖然她仍像平常那樣維持著臉上一貫的笑容，但看起來就像是不討厭這個長大成人的兒子送來的禮物似的，笑起來的酒窩似乎比平常還要深邃。

「本來像在這種不是什麼特別的日子收到禮物，是最開心……的……」

在皇后將包袱完全打開前，內容物的末端就露了出來。

「等等。」

皇后那美麗的嘴部線條緊閉成一字型，那是散發著金黃色光芒的沉重印章，任誰看了都知道這個東西長得跟金印一樣。

「這……這到底……」

皇后緊抓著開到一半的繩結，並瞪大雙眼，靜靜地盯著桌上。

她像是完全無法置信似地想著……眼前所放的這個物品，到底是不是自己熟悉的那個金印的仿冒品？

「……李皇子殿下。」

「是。」

「您真的打算造反嗎？」

皇后就像是在訴說著心中的怒火似地，步搖簪上的裝飾隨之顫動，但或許也是被恰好吹來的風影響。飾品碰撞所發出的聲音並沒有帶來清新高雅的感覺，反而像是揭開悲劇序幕的不祥信號。

「造反？怎麼會呢？」

「如果不是造反的話，桌上這不敬之物又是什麼？」

皇后一副像是連碰都不想碰似地往後退了開來。

「這當然是偽造品囉，您不需要如此驚訝。」

「我現在不是在跟您追究這是贗品還是真品吧？這裡是哪裡？這裡可是景福宮，怎麼能在這個地方帶著這種東西……況且您是李皇子耶！」

本打算提高音量的皇后也許是找回理性，因此忍了下來。

「……您覺得拿這種東西給我，像話嗎？」

「母后。」

「您剛才還說了什麼？您說想把跟趙東製藥有關的事情鬧大！還說您要強制完成婚約，現在還讓我看了如此不敬之物，您到底期望我會有什麼反應？」

李鹿敲了敲偽造品上的劣質裝飾，平常總面無表情的皇后雖然激動地大聲怒吼出來，但在李鹿眼裡，皇后這樣的反應卻讓他有看見希望的感覺。

至少皇后並沒有把東西丟回來並罵他瘋了，又或是轉身離開。不過，她看來的確是因此感到不滿，卻又似乎很想聽聽他會提出什麼提案。

所以這應該不算是一點勝算都沒有的仗吧？

「母后，您之前說過，在沒有皇室血統的人之中，能爬上最高位子的人就是皇后。」

「就算作為皇帝的女兒出生，也會因為那些該死的老人們，一輩子都不可能會手持玉璽。於是您乾脆地說，當皇后還比較值得慶幸。」

「……是啊。」

雖然這話很簡單，但這可不是一個簡單的位子。

李鹿打從一開始就作為皇子出生，在開始爬行之前，就在那些每天好似在念誦似地熟背法律及義務的人們之間長大。

但皇后並不是。雖然被卜卦算出未來有當皇后的命，經歷長久的準備後入宮，但在親身經歷之前，所有事情都是她一無所知的。

雖然她現在知道該如何在兒子面前面不改色，但在李鹿小時候，母親可是一名背對相機就會乾嘔或是流淚的人。

在她決定要被許配給下任皇帝時，皇后早已是一名家喻戶曉的顯赫世家女兒，儘管不能說她在自家生活的時光過得相當平凡，但她也曾在宮裡擦拭過好幾次的淚水，並獨自嘀咕著……好想念那再也回不去的平凡時光。

儘管如此，皇后能好好撐住這個位子並不是受到他人影響，而是出自於皇后本人的意志，儘管累積許多令人流淚的懷念回憶，儘管要做的事情也總是一大堆，但還是無法放下這就算有錢也買不到的巨大權力。

「既然如此，那您要不要再有野心一點呢？」

「您這是……」

「我並不是說要篡位，只是我覺得您應該也可以改變一些您至今都認為理所當然的小事吧？」

「小事？」

「這個嘛……應該有不少事吧？像是放在交泰殿的石砌壇高度，不，就連交泰殿這個名稱也是……母后您所使用的餐具和飾品，都得比父王還要低一個等級，光是看印章就知道，母后您所使用的金印，不論是尺寸、裝飾，或是上面刻的字……全都比父王的還要小、還要微不足道。」

「但這個部分……」

「是啊，這是傳統，但同時也是現在。」

「如果想維持為傳統，那就先把這一點都不像話的君主立憲制給廢除才對。」

「而且明明同樣是父母，為什麼只有父王有權任意對待皇子？就我所知，這種事情就連在朝鮮時代也不曾發生。」

「而且，幾乎沒有人對身為皇后的您喊皇后陛下，不是嗎？娘娘這個稱呼本來也是有另外的用法，這種時候卻又不遵循傳統，真是一件怪事。」

在皇后展演韓式弓箭或馬術時也是，外界強調的不是敏捷度與準確度，而是姿勢優美，這讓她感到憤怒。

外界將焦點放在皇后為了準備展演而變得粗糙的手，更接著議論身為國母自我管理的疏忽。每當出現這樣的新聞時，詩經院和春秋館便會因此責備皇后，也不是什麼新鮮事了。

但是代代相傳的傳統及層層堆疊的歲月並不是能如此輕易忽視的。

皇后這個身分，也是從君臨天下的莊嚴權能和該死的傳統中所誕生出來的，若要將這複雜的矛盾仔仔細細地說明給人們聽並意圖改變，最先需要的就是所有人都承認的名分。

所以李鹿才會想要以「改正錯誤」這個名分來進行交易。

「感覺您不像是對於我現在的位子感到憂心，或是出於孝心才這樣的……」

皇后一副像是無法繼續看著眼前的不敬之物，小心翼翼地將假金印包裝起來，用手上戴的玉戒指穿過各處後拔出，最後再打起一個比李鹿當初拿出來時還要完美的結。

「這場婚事沒能走到到嘉禮……一定是因為沒有先例吧？」

勤禮院的保守派研究員們和提著瓦斯罐的老人們會如此反對韓常瑮進宮的理由就是這個。

管他什麼Omega還是什麼的，要納男子為妃的話，不論是服飾或是稱號……要怎麼解決諸如此類的各種問題。

「這意思似乎不是在說要將此藉口具體化，讓男人也能當上王妃……而是想讓人們對於后與妃的想法，變得與皇帝或王一樣崇高，對吧？」

「沒錯，除此之外，我還想要奪走韓會長的經營權。」

「奪走？」

「是的，韓會長以寵愛小兒子為由所吞掉的財產和股份相當龐大，若是連趙東製藥的長男所持有的股份一起計算的話，應該會有勝算。」

「所以這場婚約有著改變老舊規範的名分……而如果趙東製藥的主人換了，那趙東製藥也會成為皇子的力量。」

皇后再次拿起茶具，保持沉默。

「要我說實話嗎？」

「嗯。」

「打從聽說趙東製藥誕生一名Omega時開始，您覺得我會沒想過這種事嗎？」

李鹿為了不被發現自己在緊張，於是便在桌下握緊拳頭。

如果皇后像剛才那樣對他大聲，又或是眼神中帶有怒氣的話那倒還好，但找回理性的皇后卻與平常一樣冷漠。

「您說的話真的很令人不悅，我長時間以來有過的煩惱，以及吞忍下的欲望……可是連對陛下都無法輕易說出口。這可不是一次就能完全解決的事情。」

李鹿用手制止住自己想張開的嘴巴，皇后則像平常一樣，以平靜卻果斷的表情繼續說下去。

「……不過我會以正面態度來看待這個提議……是因為就算僅有表面，但要是趙東製藥有可能站在我這裡……不是陛下、也不是我兒子，而是我這裡，這點讓我感到相當滿意。」

「雖然至今為止因為那個狡猾的韓會長，讓事情變得不好處理，但如果能夠利用那個叫韓常璟的人來換掉韓會長……以後在祛除那些該死的特殊體質相關煩人傳聞時，應該會有很大的幫助吧？」

該死的特殊體質。

因為這句話所承擔的重量並不輕，讓李鹿低頭了好一陣子，只要誕生為Alpha的他還活著，與此相關的醜聞就不會離皇后而去。

「……兒臣惶恐。」

「這不是殿下該感到抱歉的事，不過就算如此，似乎也不是我該感到抱歉的事……這不就是誰都無法預測，像一場意外的事情嗎？」

「真是的，連假金印都拿來了，還說了如此壯大的計畫，現在怎能低下頭呢？」

「母后……」

「好，那這次就讓我來問您問題。您就這麼喜歡那個人？喜歡到要利用令您憤怒到不行的特殊體質，找出能讓他留在您身邊的方法？」

這是一句李鹿從來沒想過會從皇后口中問出的一個感性問題。李鹿雖然有點驚訝，但他也馬上默默地點了點頭，原本微微的點頭力道，最後也漸漸大力起來。

「對，我喜歡他，很喜歡他。」

皇后難以解讀的視線掃過李鹿緊閉的雙唇和果斷的眼眸。

「原來如此。」

「……咦？」

李鹿原本緊張地預想會聽到母后碎念他「怎麼還有時間沉浸於情感之中」，或是被責備「要是擬定了個草率的計畫，被反擊的可能性應該很高」，以及「其他準備做得怎樣了」……但母親卻說了出乎意料的回應，就只有一句「原來如此」。

「怎麼了？您以為我會問說，怎麼能將身分不明的人納為妃子嗎？」

「……雖然不到這個程度。」

這是打從一開始就是有約在身的婚姻，目的是為了平息特殊體質的相關謠言。

李鹿歸國後，每次與勤禮院開會的時候，皇后對他漸漸變得刁難。

從某種角度來看也是理所當然的，與意外帶來的痛苦相比，本來就一定會經歷到的痛苦是更加可怕的。就算將解除婚約的責任歸咎於輿論，還是免不了會成為人們閒言閒語的內容。

隨著約定要解除婚約的日子越來越近，李鹿越來越意識到他人的眼光，且那些毫無意義的議論也仍在持續著。又因為母后很清楚未來會發生的事情，導致她最近總因為神經緊繃而感到胃部不適。

李鹿現在又突然說要維持婚約，若他被母后轟出去那也是無可奈何的事……原本李鹿是這麼想的。

「怎麼了？因為我的反應太過溫和，讓您嚇到了嗎？」

「老實說……是的。」

「當然，這也不代表我對這件事感到滿意，就如您所知，我再也不想與特殊體質牽扯上任何關聯。」

皇后將戴了一半的戒指好好地戴上，並用著與平常一樣的語氣說著。

「只是對我來說，就像這個位子，也就是皇后這個位階所擁有的力量比任何東西都還重要一樣……您也有了無法捨下的某個重要的東西吧？」

「自己無論如何都無法放下的東西，若是被其他人隨便說嘴，自然是會生氣的，而您一定也是這樣。所以我想避開因這個問題所產生的情感消耗，從您想去嘗試這輩子從未做過的事情來看，應該也不會聽別人勸說什麼……」

從皇后那一點都不動聲色、堅定的眉頭，到默默吐出言論的語氣中，李鹿可以感受到層層累積的歲月。

仔細想想，過去李鹿似乎沒跟母親聊過這種話題，幼年時期的他並不在首爾，長大後就算與家人相聚，也只是經歷一場場讓精神耗弱的神經戰罷了。

「母后。」

「是。」

「我真的很討厭父王和兄長。」

瞬間，李鹿看著皇后眼角的皺紋和水墨花般的長直鬢角，突然像是不懂世事的小孩一樣，吐露出他的心裡話。

「哈哈。」

也許是因為皇后只是眨著眼，像是覺得李鹿那圓鼓鼓的臉和使盡力氣喊出不喜歡的直率嗓音很有趣，馬上大笑出來。

「啊，我還是第一次看到您如此露骨地表示厭惡……是啊，受到那種對待還喜歡他們的話，那才奇怪吧？」

「包含韓會長在內，那些隨心所欲討論著他人特殊體質問題的人也好，朝對自己有利方向而大做文章的媒體也罷，這些全都令人感到厭倦。所以……我每天都下定決心，告訴自己絕對不要成為那種人。」

「那種人？」

「偽造根本沒做過的事情，流出那些編造的謊言……不以為意地將他人的羽翼折斷的人。至少到目前為止，我都以自己和那些詐騙集團般的傢伙不同而感到自豪的說……」

「……的說？」

正打算開口回覆的李鹿，這時才明白自己在安慰他人時總會複誦對方句尾的習慣，到底是從哪來的。

在這莫名的心情下，他頓了頓腳尖，這習慣居然是從與他關係應當不算親密的母后那裡學來的……

「……嗯，但我最近有種自己越來越像那些人的感覺，我所做的那些事、期望的事情，是如此清高且理直氣壯的事情嗎？如果您問我這個問題，我還真難回答。」

「越來越像那些人……」

「所以一開始我想了很多……但現在卻覺得這種狀態似乎也不差，不，應該說是還不錯。」

「不錯？」

在這難以捉摸的對話之下，皇后瞇起了眼，那似乎是她至今為止看李鹿看得最有趣的一次。

「是，就算很痛苦，我也有個相信我不會變得跟他們一樣的人在身邊。」

李鹿想起了昨天枕著他的手臂，說想做點什麼的韓常琛。

雖然他不知道那既清純又年幼的戀人，當時是基於什麼樣的心情，才會說出那樣的話。

這句話卻能將李鹿心中留有的一絲猶豫一掃而空，只要自己下去幾步，韓常琛就會努力往上走多少，雖然這想法很奇怪，但如果能以這樣的方式維持均衡，似乎就能領會出停留在適當位置的方法。

就算他們兩人不多做努力，也能夠到達令人滿足的那種最佳程度吧。

「好吧，反正您現在也有放手一搏的想法，那就希望您能像現在抱持的決心一樣，朝浪漫的方向發展囉。」

皇后像是要起身似地整了整衣帶，「既然事已至此，那就優雅地毀滅」這句叮嚀聽起來感覺還不差。

「近期有兩個重要的活動，下星期在景福宮即將開放參觀申請前，會有一個紀念儀式……也正好是廣惠院實施特殊體質檢查的期間，到時也讓連花宮的他一起行動如何呢？作為初次亮相的場面，那應該是個不差的選擇。」

「嗯……下星期有點……」

「反正就算他們做了各種準備，我想我都不會感到滿意，所以倒不如趕快行動還比較好。如果讓他突然登場，人們會因為蜂擁而至導致場面混亂，他也不會有開口的機會。以讓韓會長下臺為目標的股東大會，不也是打算在近期召開嗎？」

「沒錯……」

「既然如此，那就更沒有理由好猶豫了，必須一路堅持到底。」

接著，皇后又說了幾項要給韓常瑮的相關囑咐。

像是要他稍微習慣皇室成員會將古時候的與現代表現方式混合一起使用。或是要注意語氣。不露齒笑也沒關係，但要練習輕輕微笑，以及就算有人問了令人憤怒的問題，也要忍住不發一語……

「您是真的……打算要幫我嗎？」

「那您是為了說空話，而帶著假金印進宮裡找我的嗎？」

皇后一副像是方才完全沒有笑過似的，整理起衣服線頭，那模樣就像平時的母后。

「所有事情都是要有時機的，而現在似乎正是時候，正好能夠討論抬高他身分的時間點。」

「不過，您剛才還說我的提案讓您不是很愉悅。」

「這可不是能依照心情來處理的事。最重要的是，您如此積極渴望的並不是地位也不是財產，而是愛情。這點讓我頗滿意的，不為別的而是為了愛情，這不就是母親為孩子行動的最佳名分了嗎？」

「……是嗎？」

對李鹿而言，這是一件奇怪的事。

皇后應該會追究一切事物的理由與目的，將自己的欲望放在第一順位，不過……這般精打細算的態度也不會令人感到討厭。

若沒有任何名分，皇后是沒有理由將韓常環趕出去的，這點反倒讓人安心了下來。

「還有，您剛才說的話我也同意。」

「哪個部分……」

「若真的不行，地獄之中也會有已經決定好的順序。」

皇后將袖子推進淡綠色的唐衣後起身，隨著圓圓的赤古里下襬所刻畫的金箔，受到光線的照射，散發出具危險性的閃光。

「所以，既然您已經下定決心了，那就不要猶豫，戰鬥到最後吧。相信至少在自己之下，還有個必須踏上更殘忍的地獄之路的傢伙存在。」

「呼……我最害怕的人真的就是皇后娘娘了。」

在外待命的鄭尚醞大驚小怪地表示，並站在李鹿身邊。

「娘娘說什麼？」

「……她說把他們全送入地獄。」

「嗯？」

當然，雖然母后不是那樣說的……但是實在是太難以說明方才那既不是敵意也不是好意的奇妙氛圍，只好隨便敷衍一下。

「話說回來，你發現他藏了什麼嗎？」

因為李鹿覺得昨天那一直在書桌旁來回踱步的韓常瑮很可疑，於是李鹿便透過鄭尚醞下達指示。

其實並不是在懷疑韓常瑮，也不是要限制他，只是因為像現在這種重要時期，原本就算受到韓會長奇怪威脅也只會獨自一個人多想的韓常瑮，似乎不會對自己的處境如實以對，因此才下了這樣的決定。

「啊……那好像是藥水，但不知道確切來說到底是什麼。」

「不知道是什麼？」

「對，就如字面上的意思，太醫有進行過簡單的調查了，但卻說那就跟透明的水差不多，在以防萬一的心態下放入特殊體質的試紙，意外產生非常強烈的反應。」

「只對特殊體質的試紙有反應……」

「他們說今天早上會連絡我們……我想檢驗結果應該馬上就會出來了吧！就像您一開始所擔心的，他們正將重點放在麻醉或毒性部分進行檢驗。但其實現在最大的問題是，到底是誰將這種可疑的物品偷偷帶入廂房？這不管怎麼看……」

鄭尚醞並沒有繼續說下去。

「那還用說？一定是韓會長的指示啊。」

「……抱歉。」

「幹麼因為這種事而看我臉色啊？你又不是間諜。」

鄭尚醞嚇得向後退，並表示殿下怎麼能說這種話。

「不過那也不是別的地方，而是廂房啊，戒備居然會如此鬆懈……就算我有十張嘴，也不知道能跟您說什麼。廂房都被放入那種可疑的東西了，該怎麼保證您的寢殿沒事呢？這一切都是我的錯。」

鄭尚醞深深地低下身子，後頸滿是汗水。

「對方不是別人，而是那個韓會長啊。」

當然，其實鄭尙醞說的也沒錯，怎麼可能只有連花宮？韓會長可是個連景福宮的各個角落，都能安插自己人的狠角色啊。

但這也不能成為防禦網破洞的免責理由，現在無論再更仔細地配置侍衛的數量都不夠了，若還因此產生贏不了韓會長的挫敗感，那就糟糕了。但是……

「我的意思是，整頓紀律是很好，但是不要太逼迫底下的人。」

李鹿還是無法忽視現實的部分。如今狀況如此明顯，就算嚴刑拷打翊衛司或侍衛們，也只會讓氣氛變得不愉快，就算不管三七二十一地把人逼入窘境，也只會讓他們的反抗心變得更大……

「你也知道的啊！內部人員的反抗心如果變大，只會讓他人得到好處。」

「那責任追究的部分……」

「這樣就好，反正這也不是需要大肆張揚的事情，護衛的責任就之後再來追究……因此，找出那個可疑的東西是經由誰帶入廂房，這個應該比較重要。」

「是，我也想過會將物品放入廂房的人員有誰。御膳房的宋宮女的可能性很大，所以我先將她納入了考量對象。」

「宋宮女？宋尚宮的孫女？」

「是的，您還記得之前和韓常環一起從廣惠院回來的時候吧？」

李鹿輕輕點了點頭，瞬間像是想到了什麼似的，便看向鄭尙醞。

他轉動身體的力道大到讓鄭尙醞都可以聽見肌肉扭曲的聲響。

「您不是讓人送一杯熱茶給怕受到風寒而去換衣服的韓常環嗎？大概就是那個時候吧。」

「可是這到底……」

李鹿一坐進一旁待命的車，那張著的嘴巴就如機械般地緊閉成一字型。

他很清楚當時送茶去的宮女身分為何，那是代代都負責御膳房重責大任的世家後代，雖然她並不是李鹿的人，但也不可能會與誰聯手。

「我在想，比起說她打從一開始就是韓會長的人，她受人唆使的可能性應該滿大的……」

「不管怎麼樣都是問題啊。」

以防萬一，李鹿也派不少人跟著韓常環，而所有的人都不會是韓會長的手下，而且在連花宮內，也有不少皇后派來的人，那她到底是怎麼趁虛而入的……

「喔，殿下，廣惠院那傳了訊息過來。」

「他們說什麼？」

「他們說看起來跟安眠藥很相似，不過這似乎對普通人沒有影響，只會在特殊體質擁有者身上看見反應……」

「安眠藥？」

「對，他們說詳細的分析還需要一點時間，但目前查出的是這樣。」

李鹿懷疑地摸了摸下巴，不是要讓他飲毒自盡的毒藥，也不是能將他輕易綁走的迷藥……只是安眠藥？

這還真的有點奇怪，難道是為了能夠輕易追蹤而設下的陷阱？或者是先把藥物偽裝成安眠藥，再派其他人過來掉包成其他東西……

「……啊，等等，我似乎知道這是什麼了。」

「是什麼？」

「韓常瑮不久前問過我有關羅密歐與茱麗葉的故事。」

「啊啊，對啊。」

鄭尚醞的點頭速度漸漸慢了下來，感覺就像是明白李鹿想說的話。

「殿、殿下……他該不會……」

「再跟廣惠院聯絡一次，讓他們再仔細調查一下這個部分，看看是不是服用這個藥物後會假死。」

「但是殿下……」

「特別是維持時間究竟多久，這個最重要。」

……看來韓會長是想在宮內將韓常瑮偽裝成假死後，把他帶出宮。

「因為李韓碩吸毒闖出的禍，讓韓會長失去愛護他的心，而韓常瑮也不像從前溫順……有沒有可能是打算在事情變得更複雜之前就處理掉一切呢？」

「雖然應該沒有比這個還更可能成為話題的點……但您不覺得有點奇怪嗎？就算真的是在那個故事裡得到靈感好了，但是裝死也只是幾天而已啊。」

「應該是吧？」

「既然如此，那更說不過去的就是……就算對外宣布是因為連花宮的疏失而讓他遭遇變故好了，但他之後不是還是會醒嗎？」

「韓會長可是個會毫無理由就把無辜的人抓去做恐怖實驗的人，所以……」

那之後能發展出的可能性更是數之不盡，也許是在社會上及法律上，都會把韓常瑮完美營造成一個已經死的人，然後再用他來進行更惡劣的實驗。

當然，也有可能是直接把他給埋了……有著相似想法的鄭尙醞也許是有著相同的擔憂，他在傳訊息給廣惠院時的表情看起來非常複雜。

「……尙醞。」

「是。」

「到底要讓那傢伙失去什麼，他才能體驗到韓常瑮的痛苦呢？」

「若您說的人是韓會長的話……嗯，像是他努力打造的公司、股份或是錢之類的……以這些東西為目標下手，應該是最有效果的吧？」

「果然如此。」

「畢竟他終究是為了錢，才會計畫如此惡毒的實驗吧？」

是啊，所以李鹿才會正在努力奪走韓會長的所有財產。

今天李鹿從皇后那裡聽見的也差不多是這種意思。

如果要合法實現皇后所期望的事情，那利用韓常環來達成這件事是最有效果的，這樣的話，韓常環的地位是越穩固越好，而皇后也會自然地成為這次股東大會的擁有決定票的人，但是……

「……不公平。」

「您是說哪個部分……」

「韓常環至今都不曉得他自己的痛苦，那些傷痛應該是一輩子都不會癒合的，但我們卻能如此輕易地摧毀韓會長所珍惜的一切……」

就算是再怎麼華麗的花，也不可能維持鮮豔的狀態超過十天，泰山般的權勢也不可能超過十年，財富與權力都是些虛無的東西，為了那些東西而掙扎的壞人們的衰敗可不能如此簡單。

「……總之，將藥瓶的內容物偷換成無害物質，像是水或是滋補保健品，不論是什麼都可以，要是韓常璟知道藥瓶不見了，他一定會很驚慌。」

李鹿緊握著憤怒的拳頭打向座椅後鬆了鬆肩膀，他將額頭靠向車窗，就能感受到微小的震動，守在豪華禮車旁邊的摩托車響著鬧哄哄的警笛聲，因外頭動靜而保持警惕的李鹿突然想起了某件事而睜開眼。

「……鄭尚醞，這是我剛才想到的。」

原本就已經不太受控的皇子殿下突然說出這種話，讓尚醞不安地不斷搓揉自己的手臂。

「那個藥啊。」

「是。」

「如果不是韓常璟吃，而是我來吃的話，那會怎麼樣？」

「……嗯？」

「反正他們不是說那是安眠藥嗎？那又不會死。」

「殿下！」

「如果我在很多鏡頭之下，特別是在韓會長也在的場合上倒下的話……」

「您這說的是什麼話……不行！不可以！絕對不行。」

「為什麼不行？趙東製藥的股價會因此暴跌，經營權的掠奪也會變得很順利。仔細想想，要將韓會長趕下臺，這應該就是最強烈、最有說服力的理由了吧？在宮內還不知道，但如果是在外面發生這種大事，應該就不會有人將過錯怪罪到韓常環身上了……」

「我真的……」

鄭尙醞的牙縫中深深嘆出一口氣。

「雖然有很多話想說……但是拜託您冷靜下來，殿下，我們不能在毫無證據的情況下，說那是韓會長做的。」

「你不是說宋宮女是非常有利的人選嗎？只要說是因為她，應該就行了吧？」

「不是啊，那個人不僅沒有理由協助我們……」

「宋宮女並沒有理由要遵照韓會長的指示，卻乖乖接受指示並且執行，那就代表她一定對那傢伙有所求。例如像是被韓會長抓到弱點，又或是突然有了某種野心。」

如果能讓我們來實現她的願望，那局勢應該馬上就能轉變了。

李鹿一邊說著，一邊聳了聳肩。

「我記得他們是說一週之內？等我們收到廣惠院那邊的明確結果後，就馬上展開行動吧。」

啊，真的……鄭尙醞想著，真的好想朝這位擬定如此不像樣計畫的年幼殿下身上揍一拳啊！

「但是……就算檢查結果出來，但時間只有一個星期，又能知道什麼呢？您說這些話該不會是認真的吧？」

「怎麼了嗎？我很認真啊。」

「……殿下。」

鄭尙醞因緊咬著牙齒的關係，他的發音其實比較接近「帝安下」。

「乾脆發新聞說是有內部人事計畫這場犯罪如何？您不覺得這樣更有說服力嗎？我馬上去做準備，而且也不會有危險。」

「既然都要作秀了，那就來個奮力一擊不是比較好嗎？要夠刺激，觀眾們才會聚集啊。」

「但是……您不是很不喜歡這種方式嗎？」

「沒錯，現在要做的事情我也不喜歡。」

「但是為什麼……」

「因為我不想看著我身邊的人，為了守護我那微不足道的信念而陷入危險，所以不論用什麼手段，我都要做。」

「殿下……」

「媽的，他們連藥都送進來了，我還有什麼不能做的？」

鄭尙醞的目光裡掃過了一絲的淒涼，儘管嘴上會碎念，但鄭尙醞不曾抵抗過李鹿的指示，這次如果李鹿仍堅持到最後，自己大概也會舉起雙手投降，按照李鹿的指示去做吧？

但是……鄭尙醞過去似乎從來都沒有像這次這樣，直接將苦澀的神情表露在臉上，也許是因為李鹿剛才的那句「微不足道的信念」，讓他感到有點受傷吧……

鄭尙醞會相信他、並跟隨他，雖然有很多的原因，但李鹿知道，其中最大的原因就是他的腳踏實地。

李鹿還記得在某次的聚餐上，爛醉如泥的鄭尙醞酒後吐真情地說「皇子和那些包含許多皇室成員在內，在政治界和財經界的某處占有一席之地的人們相異的面貌和堅定的樣子」撼動了他的心。

但現在是必須向前的時候了。李鹿用著自始至終昂挺的態度，在任何人面前都抬頭挺胸、堂堂正正地回應的方式，一定也會有無法得到手的東西。

「……其實我以前曾碎念過韓常瓅，要他掌握好分寸，雖然不是說得很明確，但差不多就是那種意思。」

像是在耍性子似地鼓起雙頰的鄭尙醞突然開了口。

「什麼?什麼時候?」

「我記得是兩位在山月閣喝醉酒的隔一天。」

「為什麼要對他說那種話?」

李鹿驚訝地睜大雙眼，雖然鄭尚醞原本講話就比較難聽……但他也不是會無緣無故說別人壞話或罵人的人啊？

「你從前不是就老是說這樣會產生情分嗎？」

「啊，畢竟到那當時為止，都不是真正發生過的事情……更重要的是，我完全沒想到殿下您會如此真心。」

「呃，尚醞，就算這樣……」

「雖然不曉得您到底喜歡韓常環哪裡，但我依舊感到不悅也是真的。當然，我個人的確也覺得他真的很可憐，經歷也很悲慘……」

「但是在政治上，還有財力部分來說，他的確是一名對殿下起不了任何幫助的人啊！本來當皇室成員配偶的，不都該是些在財政地位上有權有勢的人嗎？我不認為他是值得讓您替他喝下可疑藥物、上演一場假死秀，也要硬是將他留在身邊的人。」

鄭尚醞刻薄地表示他到現在還是無法理解李鹿和韓常環，他表示殿下很年幼，而韓常環比殿下更年幼，等再過一段時間，殿下就會明白這份心意與其說是永恆，不如說更像是年少時期血氣方剛的衝動。

「雖然是這樣……」

鄭尚醞一邊摸著手機的邊緣，一邊說道。

「不過因為他的關係，殿下您似乎不覺得寂寞了，就這點來說還是很值得慶幸的，而且您以後應該也很難再遇到對特殊體質如此理解的人了，而那個人剛好是您喜歡類型的機率也幾乎是零吧？」

儘管鄭尙醞說著那樣的話，仍像是感到心煩意亂似地按了按太陽穴，表示從沒想到他親手服侍的上司，會想要飲下讓自己變成瀕死狀態的藥。

「真的嗎？就算我喝下那個藥，你也不會說什麼嗎？」

「我還能怎麼樣？仔細想想，到目前為止都一直拖延著這場婚約，而不久後您也打算讓韓常璟在媒體面前拋頭露面……事情都已經發展成這樣了，現在還會有其他人願意跟您在一起嗎？」

鄭尙醞細數著讓韓常璟待在李鹿身邊的優點的樣子，比任何時候看起來都還要認真。

「嗯，總之，儘管是形式上的，但他仍持有趙東製藥的股份，所以也沒有比最初想的還要差呢。」

「那個啊，尙醞。」

「是。」

「母后不久前說過，地獄是有順序的。」

「地獄？您剛說的是真的嗎？娘娘真的親口說了這個詞彙？」

「嗯。」

不對宗教相關的事情做出任何看法，算是韓國皇室的一種慣例。就連釋迦誕辰日或聖誕節的時候，別說是向大眾問好了，反而會避開一切日程，安靜地待在宮裡。但現在說出那種詞彙的不是別人，而是皇后，宮裡最注重皇室形象的人居然說出了地獄這個詞。

「在我說『面對那些骯髒的人，我沒有自信能一直保持超脫的態度』時，她就說出了那句話，說世上的壞人不會全部一樣。所以我在想，我以後也要一直想著自己是個比韓會長還要好的人。」

李鹿懶洋洋地伸了伸懶腰。

「還有，尚醞，我想你應該不需要那麼擔心那個藥，別的不知道就算了，但韓會長對於韓常璟的憤怒應該不是假的。」

「這……」

「那傢伙應該不是想殺了他。」

結果還是差不多的，李鹿雖然無法寬恕韓會長、也無法理解他，但也很清楚基於憤怒的心情，韓會長一定會覺得直接殺掉韓常璟太可惜了。李鹿比韓常璟更接近特殊體質，如果是以韓常璟為目標而製作出來的藥，那用在他的身上的效果應該不會如此強烈。

「對了，等等去大田的時候，那個……那個什麼來著，一定要去那個有名的麵包店，我們會有時間嗎？」
「麵包？您不是不太喜歡麵包嗎？」
「我已經跟我親愛的戀人說好要買給他了，他說他從來沒去過大田。也是，他沒去過的地方，何止是大田……」
「您到底……」
鄭尚醞一副像是不想再說下去似地搖了搖頭。
「但還是請您再多考慮一點有關那個奇怪藥水的事情，若您真的如此擔心您的戀人，那至少找一找有沒有解毒的方法。」
「是是是，我知道了。」
李鹿不改調皮的表情，盯著窗外的景色。
之前李鹿在聽講時讀過的先皇日省錄中，有個令人印象深刻的句子。
不僅是數學，人生也是有反曲點的。
某天，想像不到的事物突然撼動平靜生活的一切基準，但後來這才明白那是個非常重要的轉捩點，而不禁感到心痛……
其實根本無從得知是什麼東西讓先皇如此撕心裂肺，但有一件事是可以確定的，會撼動李鹿人生的最大反曲點就是現在，雖然未來仍是未知，但如果現在失去了韓常瑮，他可能會感受到比先皇還要龐大的痛心與後悔。

「直、直播？」

韓常瑑大口咬著的菠蘿麵包掉在桌上，雖然並不是適合剛起床就吃的食物，但因為韓常瑑想著李鹿的心意，才會現在大口大口吃著麵包⋯⋯

「皇后⋯⋯呃，皇后娘娘⋯⋯和我嗎？」

後天⋯⋯居然要和國母一起站在鏡頭前？韓常瑑現在就有一種想要吐的感覺。

「沒事的，不是電視，而是在網路上進行直播。」

李鹿的這句話一點都沒安慰到韓常瑑。

雖然韓常瑑之前的確是想著，在吞下毒藥之前，都要盡心盡力地幫助李鹿。而當初野心勃勃地說要參加活動的也是他，只是從來沒有想過規模會變得這麼大。

「她、她說要和我一起？」

「是啊。」

「為⋯⋯為什麼？」

「還有為什麼？你不是我的訂婚對象嗎？等之後舉行嘉禮後，就是媳婦……不對，該怎麼說才好呢，反正以後會變成家人，也沒有什麼好不能做的。」

媳婦一詞讓韓常璭像是快暈倒似地鐵青著臉。

「可是……」

「世上再也沒有人比母后還會計算損益了，既然她都已經覺得跟你一起亮相對她有益，那你就不需要擔心。」

李鹿表示再這樣下去都要噎著了，就將一杯牛奶推向韓常璭，當他咕嚕咕嚕地喝下牛奶時，李鹿便隨著拍子大力地點起頭，一邊助興地說著「很好、很好」。

「還有，我當天也有急忙約了一場午餐飯局，聽說韓會長也會出席。」

「啊……」

「如果我當天告訴他，皇后帶著你去執行公務……那個人的表情一定會很精彩吧？」

「啊……目前還沒有任何人知道這件事嗎？」

「嗯，父王也不知道，畢竟知道的人越少越好。」

韓常璭一邊點著頭，一邊想起自己所剩的時間，若韓會長聽到自己的突發行為……他一定會很憤怒的。

「那個韓常璭」向全國宣言要與自己對抗，這樣以後就無法讓李韓碩代替他的位子。

這也會讓韓會長企圖煽動媒體解除婚約的計畫變得困難，也許他還會因為不打算繼續等韓常瑮一個月，而馬上派人傳下恐怖的命令，要他馬上去死……

「嗯……而且搞不好後天會發生令你有點驚訝的事。」

「比現在還驚訝嗎？」

李鹿發出了「唔嗯」的回應後抬起頭，就像是在計畫什麼似地挑了挑眉。

「大概吧？」

「呃……現在不能先告訴我嗎？」

李鹿閉上雙眼，將頭部微微傾斜，瞧他那稍微上揚的嘴角，就知道他似乎想開個玩笑。

「嗯……也不是什麼值得讓你擔心的事啦……」

「既然不是什麼大事，那就算現在告訴我，也沒關係吧？」

韓常瑮看似沉重地說出了這些話。但或許是嚴肅的眉間看起來有些滑稽，讓李鹿忍不住大笑出來。

什麼嘛！光是聽到要站在皇后娘娘身邊，就讓他嚇得快暈過去了，居然還有比這個更駭人的事情正等著自己？

「我是真的嚇到心臟快掉出來了……」

「呃嗯……這件事的確也值得那麼期待啦……不是需要擔心的事。」

李鹿的大拇指輕輕拭過唇邊，看來韓常瑮剛才喝完牛奶後急著將杯子拿離嘴巴，不小心讓嘴邊留下白色的牛奶印。

「我會那麼做，是因為我有東西想讓你看看，我剛才不是說會共進午餐嗎？我們預計在慶熙樓用餐，有個只能在那附近才看得見的神奇東西在那裡。」

「神奇東西？」

雖然身為土包子的韓常瑮本來就對宮裡的各種事物感到新奇了，但居然連早已習慣宮中生活的李鹿都那樣說……這讓韓常瑮忍不住暫時忘記剛才擔心的事情，燃起了好奇心。

「我後天再用視訊電話讓你看看。」

「您說的是真的吧？」

「那當然，你等一下去拜託鄭尚醞幫你安裝視訊電話的APP吧，畢竟那應該會是你想錄影下來，不斷重複播放的東西。」

啊啊，一提到錄影這個詞，韓常瑮的心情又再次沉重下來，錄影……播出……和皇后娘娘一起直播……

「直播……那種事我該……」

韓常瑮一點一點地拔著菠蘿麵包的表面，邊吃邊嘀咕著。

「可是……其他事情我真的可以做得很好，也早就做好覺悟……但是直播……皇后殿下……不對，是皇、皇后娘娘，要跟皇后娘娘一起做什麼，真的讓人覺得好恐怖，我不知道該怎麼辦才好……」

天啊，剛才居然說出了「皇后殿下」？這可是破壞性別與禮節的錯誤尊稱。

韓常瑮因為久違地犯下口誤而尷尬得將脖子縮得像烏龜一樣，但李鹿仍一如既往地沒有做出任何指責，反而像是覺得可愛似地摸了摸韓常瑮滿是彆扭的腦袋瓜。

韓常瑮緊閉著雙唇，就像是正在燒水的開水壺一樣，鼻子呼出了炙熱的氣息。

大事不妙，儘管他做出愚蠢的行為，殿下也會寬容地帶過。這讓他現在似乎變得一點都不謹慎。

當他小心翼翼地在柳永殿的角落過生活時，明明一直都保持著緊張狀態，但像這樣每天備受寵愛地過日子也沒多久，卻已經完全鬆懈了……

「其實……我之前還擬定一個你聽了一定會昏過去的計畫，但是鄭尚醞堅持反對到底，說我若是做出那種事，他可能也會死掉。」

「這、這樣啊？」

殿下之前到底是擬定了什麼計畫？不過……會讓什麼事都說不行的鄭尚醞挽留到那種程度，反而讓人開始好奇那個計畫到底是什麼了。

等著李鹿繼續說下去的韓常瑮吞了吞口水，但李鹿只是默默不語地用食指戳了戳韓常瑮的喉結。

「話說……你沒有什麼想對我說的話嗎？」

「咦？什麼樣的話？」

「就……你最近不是連要見我一面都難嗎？」

「喔喔，這……」

話雖如此……但他們還是會在每天早上小聊一下，傍晚時也是一有空隙，兩人就會見個面再各自回房睡覺。

有時候等到一半韓常瑮先睡著了，隔天也會在不知何時前來，將他緊緊抱住的李鹿懷中迎接早晨。

雖然韓常瑮很擔心李鹿會不會因此沒時間休息，而讓健康出問題。他絕對不是因為兩人相處的時間變少而耍性子，只是現在這樣對他來說就已經充分值得感謝了。

再加上幾天前那場激烈的性愛後，現在身體似乎也沒再出現敏感的反應了。

嗯……該怎麼說呢？殿下托著下巴，望向他的溫柔眼神，感覺就像是已經有了期望的答案。

也許是因為壓力，韓常瑮便將吃到一半的菠蘿麵包再次拿起，用門牙一點一點地咬著凹凸不平的部分。

該不會是藥瓶被發現了吧？這是能夠韓常瑮所能想像的最糟狀況。但他馬上輕輕地搖了搖頭。

韓常瑮在廂房裡的時候，也沒有任何人在他的面前，隨便伸手碰屋裡的東西。他離開廂房的時候，也為了以防萬一，而將東西藏在懷裡帶著，好險天氣也漸漸變冷了，穿上厚衣之後，藏在衣服裡的小藥瓶並沒有太明顯。

更重要的是，如果有人發現那個藥瓶，現在一定不會如此安靜。如果真被發現，鄭尚醞應該早就把他叫去審問了吧？

畢竟鄭尚醞是最為殿下著想的人，想必是絕對不可能知道有個可疑的外來物品，卻還坐視不管的。當然，之前明明答應過不能說謊，現在卻又欺騙了殿下，也讓韓常瑮感到十分抱歉……

「韓常瑮。」

「是？」

在呼喚聲中抬起了頭，便發現殿下將臉蛋緊貼著他。

「你在想什麼，想得這麼認真。」

韓常瑮看著李鹿即使剛起床也絲毫找不到任何一絲水腫之處的完美臉蛋發愣，然後趕緊紅著臉，轉移話題。

「怎麼了嗎？」

「太、太近了。」

「這哪叫近啊？」

李鹿將頭傾靠過來，感覺就像是要接吻似的，兩人的距離近得只要稍微動一下頭，鼻尖就會相觸。

「那個……殿下。」

「嗯。」

「那個……嗯，那個……殿……下……」

「嗯嗯。」

韓常環在尷尬之下，慢慢吞吞地將話道出口。

「要、要好好打贏韓會長喔？」

「……什麼？」

李鹿原本等待著答案而瞇起的黑色眼珠瞬間大了起來。

「不……不是這句嗎？」

這是韓常環在掙扎之後所能想到讓李鹿心情變好的話語。儘管李鹿行程忙碌，也還是特意去幫他買麵包，他也為了這件事情謝過他好幾次……也大致聽說他在大田和釜山做了什麼。

「呃……既然如此……」

韓常璟拍下沾在嘴角的麵包屑，盡全力露出笑容。畢竟現在要說的，是在他的認知中最美麗的一句話。至少希望現在的他在李鹿眼裡，看起來是漂亮可人的模樣。

「我……我愛您？」

也許韓常璟這句話才是真正讓李鹿意想不到的話語。

李鹿如玫瑰般鮮紅的雙唇張了開來，而唇間看得見的白色牙齒，讓人覺得莫名性感，使得韓常璟趕緊將視線向下。

「我真的是敵不過你……」

李鹿低下頭獨自嘀咕著，也許是因為那句意想不到的我愛你，讓他覺得十分害羞，他的耳垂和後頸都紅得像是熟透的水蜜桃。

「雖然我現在也到了適婚年齡，不過你也已經二十歲了，還有許多沒經歷過的事情，不是嗎？」

「是……」

「我們如果像現在這樣繼續交往，那就能照著之前約定的，幫助你讀書、學習想學的。如果你想要念大學，就送你去讀大學。然後……等到你像我差不多大的時候，就讓你正式成為我的另一半。」

「另……另一半？」

「但我現在真的搞不懂了……怎麼辦？我好想要現在就馬上把你帶在身邊，和你一起生活……」

李鹿抓著韓常瑮的手，並撫摸了好一陣子。

這其中並沒有其他的信號，他只是用溼毛巾將韓常瑮沾上麵包屑的指尖擦拭乾淨，並輕撫著指甲或骨頭罷了。

但是……李鹿像是不知所措，只是不斷撫摸的那雙手，似乎不斷流露出愛的言語，那份愛既明顯又堅固，讓人無法裝作沒看到。

「你知道嗎？韓常瑮，你以前不會稱呼他為韓會長，都叫他韓代表。」

「是……是嗎？」

「嗯，但你現在不會這樣了，你就像其他人一樣，叫他韓會長，不是嗎？」

「我、我都沒發現……」

「你剛才不是也說了韓會長嗎？」

韓常瑮用空著的手摸了摸嘴唇，之前真的都沒發現，剛才要李鹿好好去打一場仗的時候，是不是也講了韓會長這個詞呢？

「我之前因為感覺到你的時間似乎停留在韓會長還是韓代表的時候，還覺得有些不捨……不過你現在可以若無其事地直接稱呼他韓會長了呢。」

李鹿大力稱讚著韓常環有好好遵守約定，在表示要試著鼓起勇氣之後，一步一步向前努力的樣子看起來非常好。

而韓常環則是默默地露出尷尬的微笑，喉嚨像是吞下燒燙的鐵似地灼熱了起來，也對不知道他的衣服裡藏著什麼、不知道他在幾天後會做出什麼事情的李鹿感到抱歉。

「所以啊，你一定也能在直播上表現得很好的，這是每個月都會播出的節目，大部分的流程都會照安排走。」

李鹿又說明，直播最主要的內容是要介紹在博物館舉辦的展覽，接著介紹當季食物和特產，最後再介紹適合當季的傳統服飾就結束了。

「還有我剛說要讓你正式成為我的另一半……」

「喔喔……對。」

「我覺得應該也要讓你知道李韓碩的事情。」

「呃、李韓……咳咳！」

也許是因為韓常環突然聽見好久沒聽見的名字，使得韓常環驚慌地咳了出來，而沾附在嘴邊的淡黃色麵包屑也因此噴向各處，就像是施工現場的粉塵一樣。

「呃，你沒事吧？」

韓常瑮用手背抹了抹嘴角，並快速地點了點頭，雖然喉嚨還是覺得有點癢癢的，但現在覺得這股害羞的感覺勝過內心的激動。

「我沒、咳咳、沒事。」

「真的嗎？」

李鹿彷彿是在擔心韓常瑮，深邃的眉毛變成八字型，並望著他的臉上各個地方。

「因……因為沒想到會突然聽見李韓碩的名字……所以才會有點嚇到……我沒事。」

仔細一看，韓常瑮雖然有點嚇到，但已經不像以前那樣，光聽到李韓碩的名字就嚇得臉色發白。現在他不僅不會害怕得全身發抖，更不用催眠自己現在人在實驗室裡，就能將想說的話毫不保留地說出口。

雖然韓常瑮表現的方式並不漂亮圓滑……但是比起之前時時刻刻害怕李韓碩做過的那些事，還有擔心自己身上的祕密隨時都會像定時炸彈一樣爆炸，現在的韓常瑮心情卻平靜得令人感到訝異。

當然，李鹿似乎有點不太相信……

「是真的，您可以告訴我，我也很好奇。」

韓常瑮對於自己的變化感到神奇。就像他口中喊的再也不是韓代表，而是能若無其事地喊出韓會長一樣。從某個瞬間開始，李韓碩在他的心中也成為普通的存在。

這種心情就像是明白到那宛如毒蛇般占據整個房間的影子，其實是正在融化的蠟燭似的，只要風一吹，又小又簡陋的蠟燭，就會無聲無息地消失的。

「……好吧，就如你所知的，李韓碩他……」

李鹿用力地將李韓碩這三個字清楚地說出來，感覺就像是在對韓常環那再也不會感到畏懼的心表達尊重一樣。

「他目前正由我們在控管，與趙東製藥的所有聯絡也都被我們斷絕了，自從上次韓會長來訪後就一直是這樣……儘管過了這麼長一段時間，韓會長也都沒來過任何聯絡，也沒派人過來。」

「是、是喔？但如果是韓會長，我想他應該還是很清楚這裡的一切吧……」

「是啊，他怎麼可能不知道？但是那個人以後也會繼續裝作不知情吧。從他在成永堂時，在你我面前將李韓碩打成那樣、侮辱他的那一瞬間起，那傢伙就已經是韓會長拋下的牌了。」

李鹿用餐巾紙幫韓常環擦了擦嘴角，嘲諷著韓會長。

「我本來想，既然他都想讓李韓碩取代你，使用那個精心打造出來的名字，那他應該很疼愛李韓碩……但看來對韓會長那個人來說，子女的價值大概就只值那種程度吧。」

反正誰也沒辦法保證，韓會長的私生子就只有李韓碩一個，也不知道他是不是又在計劃著什麼詭計。但總之能確定的是，李韓碩在宮裡吸毒並被春秋館知道後，韓會長就放棄李韓碩了。

「該說好險才對嗎？就因為他是個將人看作消耗品的人，所以韓元碩才會如此輕易就下定決心。啊，我本來不打算要說這個的……抱歉，總之，我打算幾天後把李韓碩送入精神病院。」

「精神……病院？」

李鹿鬆了鬆肩膀，並點了點頭。

「其實我想盡各種方法，到底該怎麼折磨那傢伙，心裡才會舒服點。」

李鹿擠了擠鼻子，表示「你如果聽了，搞不好會害怕到以後都不親我了」，每當他故意緩緩地閉眼和睜眼時，眉間就會出現皺紋。

也因為如此，儘管李鹿是在說著恐怖的事情，仍然看起來像是調皮鬼一樣。

「畢竟對毒蟲而言，最痛苦的事情就是斷絕一切讓他中毒的事情……所以我就束縛住他的全身，把他關在一間小小的病房裡，而廣惠院的人應該也會對他進行各項研究。」

「研……研究？」

「就如字面上的意思，那傢伙接觸過的藥物有很多種，其中宛如限時炸彈的危險藥物也不少。剛好廣惠院也想仔細研究那些藥物，所以我就讓他們去對李韓碩進行研究了，這樣不論是對於調查或是解毒，都會有很大的幫助。」

雖然李鹿無法詳細說明有關研究的事情，但光是這樣就夠了，而韓常瞟似乎也明白李鹿為什麼要刻意讓自己知道李韓碩的處境，也許是因為哪怕只有一點點也好，殿下應該是想將自己因李韓碩而遭受到的痛苦奉還回去吧？

「……殿下。」

在韓常瞟低沉的呼喊下，李鹿那好似黑夜的眼珠望向韓常瞟，那是既柔和、又溫暖，若被抱在他懷裡，就能馬上睡著的深邃眼神。

「那個啊……因為我也讀了點書、學了點東西……所以最近會說的詞彙也變多了。」

「是喔？」

面對韓常瞟這多少有點唐突的炫耀及告白，李鹿也笑著給予正面回應。

但這是真的，以前的韓常瞟就連要描述殿下送給自己的零食的滋味都有困難，還曾因為不知道該如何說明一樣東西而煩悶得捶胸頓足……

「啊，雖然現在也還不到很厲害的程度，但應該還是比以前還要好了。不，不是應該，而是我確定。」

所以……在說完一句「所以」後，韓常瞟猶豫了起來。

「所以？」

李鹿托著下巴，就像是鸚鵡一樣重複著韓常環所說的話。而他的嗓音也像是在期待韓常環接下來要說的話似的，稍微有點高亢。

「我愛您，殿下……很愛很愛您。」

雖然這句話難以說是有多麼偉大，更找不到前後邏輯，即使有點尷尬，但韓常環現在不會緊張得停頓，也能一次把話全部說完，能一次將「我愛你」道出口……

「……我沒想到你會再說一次那句話。」

李鹿的耳垂變得有點紅，他撐起上半身，接著「啾」的可愛聲響便在這安靜的空間內響起。

他彎下腰吻了韓常環好幾次，炙熱的氣息彷彿成了鎮定劑一樣，慢慢在肌膚上散了開來。

第一個也是最後一個，自己深愛的人正溫柔貼著雙唇，告訴韓常環不用再害怕任何事。

韓常環的心情輕鬆了起來，也許自己就是為了等待李鹿的那一句話，才會一直苦撐著這段又長又短的人生。

「我也愛你，韓常環，很愛很愛你。」

韓常環瞇起眼睛，燦爛地笑了出來，一切的黑暗、一人的孤獨、刺向自己的針筒和如棍棒抽打般的那些言語，現在不論是世上的任何事物，都不會再讓他感到害怕了。

Whispers Through the Willows

第17章

「哎呀，真漂亮。」

申尚宮不停地戳著韓常環的臉，表示這比之前還要有肉的雪白臉蛋看起來真漂亮，但韓常環也只是忙著不停地將直領袍的衣帶纏上手指、再解開。

「申尚宮大人，不管怎麼看，妝似乎都畫得太濃了……」

因為韓常環的臉色變得蒼白的關係，他的臉看起來似乎比平常更加白皙，下巴和耳根塗得黑黑的。

……呃嗯……他剛才是怎麼說的？總之用比膚色還要深色的化妝品塗抹的骨頭附近變得特別立體，看起來就像戴上面具一樣。

「哎呀，不會啦，反正等燈光照射上去之後就看不出來了。」

真的嗎……韓常環一臉擔心地瞥了瞥鏡子，穿上翡翠色的長袍並將頭髮梳得整整齊齊的樣子看起來真是陌生。

「髮型也很適合你，很像最近流行的偶像髮型。」

申尚宮努力地要緊張得不停蜷縮身體的韓常環站直，但是他依舊緊張的這一點仍是無可奈何。

「啊，看來馬上就要到了。」

當外頭開始變得喧鬧，申尚宮便伸長脖子望向入口處，而韓常環則是在摀著嘴巴後吐出一口長長的氣。

皇后娘娘馬上就要到了，韓常瑮總覺得心臟會緊張到從嘴裡跳出來，之前李鹿說他就像在模仿Omega時，似乎也沒緊張成這樣啊……

「不，你是男生，手的位置要相反。」

「啊……」

「再把頭抬起來一點，視線向下，對，迎接時的禮儀跟我們殿下差不多，所以你不需要緊張……」

韓常瑮猶豫地調整姿勢，瞥眼確認的申尚宮豎起大拇指以示稱讚。

「做得好。」小聲嘀咕的嘴形看起來特別誇張，韓常瑮因為偷笑而聳起肩膀的同時，站在身旁的其他內官便使了使眼色。

仔細一看……至今為止，申尚宮似乎沒有說什麼其他的，依照她的個性來說，應該會一掌打向自己，問說怎麼可以騙她騙得那麼久才對啊……

申尚宮從某個瞬間開始，就很自然地叫他常瑮。

她也依舊不追問自己為什麼會待在殿下身邊的事情，就跟以前一模一樣，觀察著韓常瑮要讀的書夠不夠，講述著宮裡發生的趣聞。當然，申尚宮也跟往常一樣，會將御膳房和生果房的美食帶來給他。

韓常瑮內心深處有種溫暖起來的感覺，同時也很感謝對他不加過問的申尚宮給予的體諒，也對於自己至今因為煩惱痛苦，而沒發現申尚宮對他的關心而感到抱歉。

「話說回來，娘娘會成為你的尊姑嗎？不對，尊姑這個表現是對的嗎？規範的問題目前也只是一直在延宕和爭吵，所以還沒有個確定的結論呢。」

「尊姑……那是什麼？」

也許是申尚宮看到韓常瑮有點意志消沉的樣子後，感覺到他有點緊張，申尚宮便轉移話題。

「你不知道是什麼意思嗎？就是用來尊稱婆婆的敬語。」

韓常瑮嚇得張大嘴巴。

天、天啊……如果申尚宮的用意是想讓他放輕鬆的話，那這行為可說是完全失敗了，要喊皇、皇后娘娘尊姑？婆婆？

「婆……這是什麼意……」

「喂，請安靜點。」

一名上了點年紀的尚宮最終忍不住地斥責兩人。

「娘娘最討厭吵雜又愛長舌的人了。」

同時，一旁響起內官高喊著皇后到來的嗓音。

因為不爽而正準備對交泰殿的宮人們回嘴的申尚宮馬上端正地低下頭，待機室的氣氛變得緊繃起來。

這僅是短短一瞬間的事，韓常璨對申尚宮的歉疚與感謝也被嚇得魂飛魄散，馬上端正自己的姿勢。

明明他就聽見皇后起駕的宣告聲，但外頭卻依舊安靜，緊張的時間一點一滴地流逝，直到韓常璨滿是緊繃的雙腿抽筋為止，才終於感受到對方靠近待機室的氣息。

那像是要讓人聽見、又像是不讓人聽見的輕巧步伐聲，以一定距離觸碰到地板的衣服摩擦聲，就像是在強調其中唯美細節的恐怖電影場面一樣，令人全身起了雞皮疙瘩。

「我聽說今天準備的東西突然被換掉了。」

在人們行禮之前，鞋頭繡有華麗刺繡的金色絲綢鞋突然跨過門檻，這個國家只有一個人可以穿這雙鞋。

眾人將頭一致地轉向同一個方向，甚至連為了謙虛地壓低身子而發出的衣服摩擦聲也非常一致。

韓常璨原本努力忍住想敲打麻掉的小腿的衝動，現在有種彷彿被看不見的釣魚線綑綁住氣管的感覺，根本就無法隨意亂動。

這感覺和之前李鹿在首爾機場，以李皇子的身分站在人們面前的感覺完全不一樣，當時韓常環心裡只有覺得李鹿很帥的讚嘆，現在卻有種被難以言喻的沉重感壓迫到連吞口水都會有壓力的感覺。

萬一他沒有與李鹿如此親近，也許當時看到他起駕的畫面時，比起悸動，心裡的害怕應該會是更多的吧？

「如果是因為覺得我今天穿的唐衣顏色不適合，我想還是直接進行下去比較好。」

「但是娘娘……」

「與其去考慮那些會在外貌上找碴的人的喜好，還是使用符合這個時節、這個月分的物品比較重要，皇室最重要的，不就是名分嗎？」

「是，遵旨。」

剛才斥責申尚宮和韓常環的老尚宮低下頭並向後退。這畫面感就像偶爾會看到的音樂節目一樣，步伐居然會如此迅速又如此準確……

或許是因為連花宮的宮人們並沒有講究禮節到這種程度，更讓韓常環覺得不可思議。

「今天不是個特別重要的日子嗎？越是這種時候，就越要做好基本功，才不會聽到別人的閒言閒語。」

「微臣會銘記在心。」

宮人們齊聲應和的嗓音，讓嚇到的韓常環用結巴的嗓音附和著「啊，呃，是」。從站在前方的宮人們嘴角抽搐的臉來看，看來他那生疏的對嘴是被他們察覺出來了。

話說回來，他們是不是有一本指南，表示不論上位者說什麼，都要馬上做出這樣的回答呢？

韓常環在入宮時收到的小冊子上，也沒有這樣的指示，他們怎能如此一口同聲地做出回答呢？

「好，都準備好了嗎？」

申尚宮用腳背踢了踢韓常環的腳，不對，應該說比較像是用推的。也不知道申尚宮的動作有多麼著急且用力，讓韓常環的身體自動向前彈出去。

「呃、呃啊！」

在原本就很寂靜的環境下發出哀叫聲，讓所有人的視線全投向韓常環。

雖然韓常環緊張得連忙揮揮手，但身體卻已經傾斜得非常厲害，內心不只因為剛才心裡在想著別的事情而慌張，更重要的是腿麻的感覺依舊存在，使得他難以穩住重心。

在韓常環摔向地板之前，用手保護臉是最棒的保護方式，而他也做好準備，緊緊閉上眼睛……

「小心點。」

多虧皇后娘娘迅速地抓住他，韓常環才避免了尷尬的窘況。

韓常瑮隨後才眨了眨眼，用著漲紅的臉，迅速地連忙點頭。

她、她那抓住自己的樣子……當然，雖然很感謝皇后娘娘，但她抓住自己衣領的樣子，就像是抓住愛闖禍的小狗的後頸一樣……

「沒受傷吧？」

「是，謝、謝……呃，謝皇后娘娘。」

儘管身高明顯是自己更高，但韓常瑮卻有一種被握在皇后手中的感覺，當他小心翼翼地邁開腳步並端正姿勢，四處才傳來安心的嘆息聲。雖然因為是在視線的末端而看不清楚，但中尚宮似乎正用著大拇指和食指緊壓著鼻梁。

「啊，腳本……我還不是……不對，雖然還沒有很熟悉，但我已經反覆背了好幾次。」

韓常瑮因為順利說出背得滾瓜爛熟的困難詞彙而湧出的成就感僅僅維持了一瞬間，他馬上就想起自己尚未正式好好向皇后娘娘請安。

「啊！微臣惶恐，我、我是……」

當韓常瑮就像是像被雷劈到似地大力顫抖身體，皇后仁慈地笑著搖了搖頭。

「沒關係，我們難道還需要互道姓名嗎？我已經從李皇子殿下那裡大致聽說了，事情這麼多，您會沒時間去熟悉它們也是理所當然的。」

這是一種態度模糊的表現，像是在擔心，又像是在斥責……

「若沒有其他事情的話，我們可以稍微聊一下嗎？畢竟現在也還剩下很多時間。」

「是，娘娘。」

韓常環緊閉著眼睛並邁開步伐，自腳尖到大腿的酥麻感，讓他的動作不受控地像一隻鴨子左右搖晃的樣子。

該說好險因為皇后走在面前，所以沒看到他這個傻瓜般的模樣嗎？

「柳尚宮，讓人都下去吧。」

「是。」

繡有花與蝴蝶的屏風於待機室的一處展開，守在身後的人們身影也變得遙遠，雖然屋裡依舊安靜，卻能感受到宮人們正在快速移動。仔細一看，皇后進來的時候，似乎下了什麼命令，她好像是說……不要隨便把東西收走？

「兩個月前，我曾因所穿的衣服和放在後面的螺鈿漆器書桌顏色無法完美搭配，讓臉色看起來比平常還要暗沉。」

皇后坐上軟綿綿的坐墊，並用鼻子嘆出好長的一口氣，雖然那會讓人緊張的獨特氛圍依舊存在，但看起來還是比之前稍微放鬆。

「皇室成員中，只有我受過這樣的斥責，儘管上了年紀、時間流逝，容貌上的變化是理所當然的事情，但那些嘲諷我無法保持光鮮亮麗的指責仍只投向交泰殿。宮人們顧慮的事情，大概也是這個部分吧？」

雖然韓常環因對方指著對面的座位而急忙地坐下來……但他仍然什麼話都說不出口。那感覺不像是皇后對自己感到滿意，又或是覺得自己的身分重要。也許反而是因為這樣，才讓她能如此輕易地道出難過事。

「既然您待在他身邊，那想必您應該比我還要清楚，李皇子殿下要與您舉行嘉禮的決心似乎非常堅定。也許因為他與韓元碩有所接觸的傳聞也傳得到處都是，所以現在宮內的氛圍也很不尋常。」

「啊……」

韓常環什麼也說不出口，他今天也將韓會長給的藥帶在身上了。

他宣稱是特殊體質擁有者在緊急狀況下會服用的藥，於是負責檢查的人也沒多做懷疑就放行了。

在韓常環做好隨時要死的覺悟之後，他便不斷說著謊……但殿下現在居然說要舉行嘉禮？要結婚？

「對於您所經歷過的複雜過去，我就不過問了，而且我也不想知道。只是……您能懷孕嗎？這是一個重要的問題。」

「這、這個嘛……」

「啊，就算沒辦法懷孕也沒關係，我不是為了追究這個才來找您的，只是想事先知道可不可以，畢竟還有要準備的事情。」

「要準備的事情……」

「就是跟繼承相關的準備。」

皇后以著非常平靜的嗓音，說出非常震驚人心的話。

「還有，我只叮嚀您一件事，我希望您能學會如何隱藏自己心中的想法。禮法什麼的並不重要，反正只要每天重複相同的事情，身體就會自然而然地習慣了，只是您必須約束自己那不經意會做出的表情，哪怕是為了李皇子殿下，您必須做到這點。」

「啊……」

「雖然您看起來一點都沒有想要打心理戰的意思，讓人確實覺得很放鬆……但您如果一直如此坦率地回答別人的問題，那您遲早會被別人吞掉的。」

「微、微臣惶恐……」

當韓常環被皇后嚴厲的嗓音嚇得低下頭，皇后便輕輕地嘖了幾聲。

「把頭抬起來。」

「呃、嗯？」

「沒錯，把腰挺直，縮小腹，然後好好呼吸。」

「這、這樣嗎？」

「沒錯，聲音大一點，發音清楚一點，請您學習如何講話不結巴。」

韓常環本來以為已經消退下去的酥麻感又開始出現了，腳尖有種失去知覺的感覺，是、是因為太緊張了嗎？

韓常環隱忍著不適，尷尬地嘗試露出笑容，僵硬的雙頰向上提起，眼角也難堪地顫抖。雖然娘娘沒有再下達任何指示，但感覺她確實不是很喜歡自己。

「微臣惶恐，娘娘，李皇子殿下急著找人……」

「現在應該在景福宮的人跑來這裡？」

皇后那尾音上揚的尖銳嗓音，讓韓常環嚇得蜷起肩膀，那聲音就像是在說如果是因為自己，而讓李鹿拋下公務跑來這裡的話，那皇后絕對不會放過李鹿。

皇后感覺上不是壞人，只是因為她剛才的故事太讓人難過。

不過撇開這個不管，現在是韓常環覺得皇后娘娘太可怕了，怕得都要哭了……

「不是，殿下打電話來說要找連花宮的客人。」

「啊啊……」

韓常環不知該如何是好地拉長語尾，不僅是對如老虎般凶猛的交泰殿尚宮尊稱他為連花宮的客人的這件事感到陌生，也對於目睹突然放下公務的兒子急著要與戀人通話的皇后感到抱歉。

「去吧。」

「不，我之後再……」

「您應該已經很熟悉李皇子殿下的個性了吧？在他聽到您的聲音為止，一定會繼續那裡等著。」

「可是……」

「就算不是會留下報導資料或史官紀錄的午宴，但那也是在慶熙樓舉辦的活動，規模可無法輕易忽視。所以依照殿下所願去行動，對所有人來說才是最輕鬆的。」

皇后揮了揮手，彷彿像是在說別再繼續說下去了，這是一個很明顯的逐客令。

「他應該是在擔心您吧？怕我對您說了什麼話而嚇到您。」

「不，不會的，殿下絕對不會……」

「就要您快去了，那些在那等著的宮人不是很可憐嗎？」

語畢，皇后便將手肘靠在又軟又大的枕上，傾躺著半個身體，好似在訴說不必再多說什麼。

皇后輕閉上的眼角和一顫一顫的眉間，透露著慌張與無奈。也許若不是那該死的體統，她早就大聲斥責這些乳臭未乾的黃毛小子為了談戀愛，居然如此不明事理了吧？

「那……失禮了。」

韓常瑮感覺就算繼續待在這裡似乎也沒有意義，於是便小心翼翼地起身，就如娘娘所說的，李鹿從幾天前開始，就一直說有東西要給他看，還說到時他一定會嚇到，甚至還囑咐他要下載能錄下視訊通話畫面的應用程式。

感覺就像是已經做好十足的準備，那就代表殿下應該不會輕易退讓，而就像娘娘所說的，他的動作越慢，就只會給更多人添麻煩。

「那我之後再過來。」

在聽見韓常瑮因抱歉而發出的微弱聲響時，娘娘緊閉的嘴角似乎稍微動了一下，感覺也很像是在隱忍笑意……

韓常瑮努力無視射向後腦杓的目光，小心翼翼地跨著步伐。好在剛才有稍微有坐一下，所以雙腿麻木的感覺並沒有像之前那樣嚴重。

「旁邊的房間是空著的。」

在屏風外等待的宮人謙恭地伸出手，看見門前和走廊上，包含申尚宮在內的連花宮人們聚集的樣子，才讓韓常瑮稍微安心了下來。

「馬上就要開始進行彩排了，麻煩您在時間內結束。」

「啊，是，謝謝您。」

韓常瑮拿到手機，並進入空的待機室，手機就傳來長長的震動聲響，令人驚訝的是，打電話的人竟然是李鹿。

「他、他是怎麼知道的？」

韓常瑮靜靜地盯著手機畫面，難道是有人向殿下報告，說現在可以打電話了嗎？他怎麼會在自己剛踏入獨立空間的那一瞬間就打過來了呢？

「嗯……這該怎麼弄……」

一開始是因為嚇到，現在則是不知道該怎麼接電話而愣了起來。

「之前從沒打過視訊電話……」

當韓常瑮還在端詳這個陌生的手機時，電話就掛斷了。

雖然李鹿沒有給他任何慌張的時間，又馬上打了過來……但問題是，畫面現在變得跟剛才不一樣？他只看得見自己那張像是被壓扁的麵包的臉，這是怎麼回事？

「啊啊……因為是視訊電話……所以才會出現我的臉嗎？」

韓常瑮按下接聽鍵，然後眨著圓圓的眼睛，觀察著手機。

「哈哈，你在做什麼？」

「殿下！」

李鹿爽朗的笑聲和燦爛的笑臉填滿手機畫面，這對韓常瑮而言，就像是魔法一樣……

李鹿坐在高大的石砌壇上，前後晃動著雙腿，感覺就像是在踢水似的，如果被母后看見的話，一定會被罵他的行為過於輕率。

終於，就是今天了，韓常瑮將在媒體面前曝光的日子。

趙東製藥應該也已經接到消息了，但他們卻安靜得令人感到可疑，也是……過去對他毫不關心的皇后，突然說要和韓常瑮一起上正式節目，他們有可能也在猜想李鹿到底在打什麼算盤。

「這是怎麼回事……」

李鹿明明就說在開始錄影前，想跟韓常瑮稍微通個話，但交泰殿至今一點消息都沒有，感到無聊的李鹿也只是一直盯著手上的手機看個不停。

依據申尚宮所示，母后表示想跟韓常瑮單獨聊一聊，便將他帶走了。

不過母后絕對不是那種會以對方家世如何、背景如何為由，去幼稚地找人麻煩的人，這點李鹿還是可以確定的，畢竟這個行為完全不符合皇后所追求的高尚。

但站在有如初生之犢的韓常瑮的立場，光是與母后單獨談話，就夠讓他害怕的了，搞不好還發抖到同手同腳地走出房門呢……

李鹿一直盯著依舊沒接到任何消息的手機，他煩悶地往下跳，探出頭望向慶熙樓，那裡似乎還鬧轟轟的，之前與母后聊天時的話題也是他，而母后現在想必是更開心地在聊著與他有關的話題吧？

他第一次受邀參與這種聚會……是什麼時候？是國中畢業之後嗎？

畢竟是大名鼎鼎的名流人士才能出席的聚會，當初李鹿的心中也滿是興奮，雖然幻想在要開始之前就全部破碎了……

雖然很擔心令人毛骨悚然的暗鬥或心理戰，但結果完全沒發生那樣的事，而沒想到，沒人跟在他的身邊，是令人如此有感覺的事情。

畢竟沒人控管他的一個表情、一句話語，所以那些老臣子都沒頭沒腦地說著想說的話。

那些話既膚淺又低俗，雖然是因為是在宮裡，勉強還有盡量包裝美化了，但所有對話的主旨都是與財富和美色有關。

雖然這次午宴的狀況也差不多，但還是與之前不同，相當有趣味。

這都多虧他最近像是計畫好一般，到處現身在各個場合的關係。

也有人讚揚李皇子殿下，表示多虧殿下的出面，獲得解決的政策也不止一兩個，不過也有人貶低李鹿，表示他根本不是真心想讓人理解，只是想用那張帥氣的臉蛋增加粉絲罷了。

不過以李鹿的立場來說，不論他人說什麼都無所謂，因為光是看到太子用一副難看的表情緊咬雙唇，就讓人覺得心情夠好了。

「喔。」

李鹿的手機終於響了，看來現在可以打過去了。他想也不想，馬上打電話給韓常璟。

這時，李鹿突然想起至今坐在冰冷的石頭地板上等待的理由，便急忙地按下取消鍵，當初是因為有東西要給韓常璟看，才會說要打視訊電話的。

「嗯……」

李鹿一邊乾咳，一邊伸出手，雖然他映照在手機畫面裡的樣子看起來有些尷尬，仔細想想，這似乎是李鹿第一次和別人進行視訊通話。

——『喂……喂？』

好似有點慌張的稚嫩嗓音從電話的另一頭流露了出來，也許因為韓常璟也是第一次打視訊電話，所以畫面一直被他不停翻轉，從沙沙聲響來看，他應該是將話筒貼上了耳朵，然後又探頭看了看畫面，接著又因為嚇到而差點摔了手機……整個非常忙碌。

——『喂？殿下？』

「嗯，我是老公沒錯。」[1]

——『……嗯？』

「你剛不是問我是不是老公嗎？」

韓常環慌張到什麼也說不出口，只是快速地眨了眨眼睛。

呃嗯……這個玩笑對二十歲的小孩來說，是不是太老套了？但韓常環眼睛睜得圓滾滾的驚訝模樣實在是太可愛了，搞得李鹿總是忍不住會想鬧他。

——『喔……是……我剛剛跟皇后娘娘單獨會面。』

努力轉移話題的韓常環實在是太可愛了，李鹿點頭附和著。

畢竟要是再繼續鬧下去，他搞不好就會哭出來了。

——『雖然我也不是很清楚，但感覺她是一名很了不起的人。』

「是嗎？」

韓常環雖然無法詳細說出他到底跟皇后聊了些什麼，但他表示自己聽到許多有益的事情，心裡十分感謝。

——『所以我同時也覺得……她看起來有點孤單……啊！我絕對不是在同情娘娘，我怎膽敢做那種事……只是因為她似乎認為那樣的寂寞也是自己的一部分。所以我覺得……

1 譯註：韓語中接電話所使用的「喂？」與「請問是老公／老婆嗎？」同音。

她真的很了不起……』

「喔……」

李鹿慢慢地點了點頭。

他說得沒錯，母親的確是連孤獨都視為權力的副產物的人。

這是在教他讀書的時候所感受到的，韓常瑮在背東西這方面雖然也很優秀，但他對於詞彙的使用一點都不平凡。

當然，雖然他本人也很努力在選擇使用稍微更豐富一點的表現方式，但韓常瑮似乎打從一出生，就對語言的直覺有著優秀的能力，如果他是出生在平凡的家庭，受到平凡的教育成長，也許他人生的方向就真的會有所不同。

——『殿下？』

「啊，抱歉，我剛剛在想別的事。」

——『啊啊，如果您很忙的話……』

「我沒有在忙。」

當李鹿搔著頭，並盯向手機螢幕，韓常瑮便像是在害羞似地急忙垂下視線，儘管不在彼此身邊，也會因為想念對方而拿起手機，互相看著對方的臉……

「韓常瑮，你知道嗎？雖然不是現在馬上就想這麼做，但是用視訊電話也是能做一些不乖的事情喔。」

「不乖……啊、啊啊……」

李鹿一說出調皮的惡作劇，韓常璟的耳垂便馬上紅了起來，那是透過畫面也能感受到的鮮明紅色。

——『您怎麼……老是這樣……』

韓常璟那像是在埋怨的語尾真是可愛。

「我說要給你看的東西……其實也不是什麼了不起的東西啦。」

李鹿忍著笑意，並轉換手機畫面，接著，位於他所坐的石砌壇下方的小草便充斥整個畫面。

「你有看到那邊中間的四葉幸運草嗎？」

層層堆疊的石頭之間，一個指甲般大小的鮮綠色小草探出頭來，這似乎是一株在這一叢草、一朵花都嚴格管理的宮中，唯一一個被放置不管的雜草。

「啊……對，我看見了。」

「明明只是一株小草，卻很受人們歡迎。當它一旦長到這種大小，就會有很多人會將它偷偷拔走。而且，也許是因為不是長在土裡而是長在石縫間，也比較容易死掉……所以要看到這片四葉幸運草，比想像中還要困難呢。」

——『原來如此……』

「還有啊，這還有一個迷信……不對，應該說是傳說。」

——『傳說？』

「雖然不知道這個傳說是從什麼時候開始流傳的，但聽說會和一起看四葉幸運草的人白頭偕老呢。」

在李鹿解釋白頭偕老就是永遠不分開，一直一直相愛著的意思之後，韓常璟便露出燦爛的笑臉。

——『哇，真的嗎？』

「是啊，所以景福宮對外開放時，這裡是遊客們一定會來的地方，當然也是宮內談戀愛的宮人們常會求婚的地方。」

——『啊、啊……是……』

在李鹿那刻意用力發音的「求婚」兩字之下，韓常璟的嘴角笑了好幾次，感覺就像是預感到某件事。

「韓常璟。」

——『是？』

李鹿大吸了一口氣。

「我們……」

不久前李鹿還很輕易地就說出那種什麼老公的害羞玩笑，但這句話卻無法輕易道出口。

「結婚吧。」

──『……殿下？』

「跟我結婚吧，韓常琛。」

呃啊啊！李鹿將話說出口後，卻尷尬地緊咬下唇。

跟我結婚吧？

李鹿就像是有想要東西的孩子，不顧瞻前顧後地耍賴，嗓音還比平常高昂許多，說話的速度也變得很快。

要跟我結婚嗎？我們要不要結婚……

李鹿從幾天前開始就一直在心裡不停覆誦著，只有語尾產生變化的各種說法。或許是因為緊張，最後說出口的話多少帶了點壓迫的語氣。

真是太誇張了，這個最重要的話居然用如此不帥氣地口吻說出口。

──『喔……抱歉，殿下，我……我好像聽錯了什麼……』

「不，你沒聽錯，我的確是說要結婚。」

──『呃，這……』

「請你諒解，我也是第一次說這種話，我知道你大概覺得很無趣……」

當李鹿在內心自責剛才那場不自然的告白時，韓常璟便愣愣地盯著畫面的某處，感覺像是做了很長的夢一樣。

「當然，我也沒打算把求婚搞得這麼無聊，幾天後會召開與趙東製藥經營權相關的臨時股東大會。在那之後，我會再進行更像樣的求婚，不過在今天活動結束之前，我打算向人們表示我會加快舉行國婚的腳步……我希望在向其他人宣布之前，能夠先讓你知道。」

也許是李鹿將鏡頭拉得太近的緣故，畫面的焦點一直不停地聚集與失焦，而韓常璟好像以為是他手機有問題，不停地揉著眼睛。

多虧了韓常璟那多次反覆的動作，李鹿才明白對方正在隱忍哭意，似乎認為是淚水讓畫面變得模糊。

——『這種事情……這麼突然……』

「我不是說今天要給你看個東西嗎？還說你會嚇到。」

——『可是，這也……您怎麼能說出那種話……』

韓常璟顫抖著雙唇並搖了搖頭，當他粗魯地擦著臉，讓淚水浸溼衣袖時，都讓人有一種心疼的感覺。

本來李鹿想安慰他怎麼就這樣哭了，又怕他會覺得這聲詢問像是在開玩笑，李鹿便打消了念頭。

「其實……我還想過要不要把你最近藏在身上的藥加到我的飯裡吃呢。」

當李鹿認真提出別的話題時，不停擦著眼角的韓常環便停下忙碌的動作。

——『咦？您……您怎麼會知……呃，是從什麼時候開始的……』

「你知道嗎？那個藥是一個只會對特殊體質擁有者起作用的安眠藥。」

——『不，我不知道……這我完全不知道……』

「不知道？那你認為這是什麼藥？」

韓常環什麼話也沒說，但在他的困擾和猶豫中卻可以完整地解讀出其中的內幕，韓會長一定是對純真的他做出更為駭人的恐嚇。

畢竟他讓韓常環失去意識後，後面就能隨心所欲地做出任何處理，想必韓會長一定是要製造出悲慘的假死，然後將韓常環運出宮吧？

「雖然目前分析只能獲得大概，但依照廣惠院目前掌握到的資訊，這藥會讓你像是死了一樣地睡著。雖然沒有查出確切的原理和效果，但因為不是很猛烈，所以我有想過，如果我代替你服下這個藥，那會怎麼樣？」

——『殿下！』

「在我暫時睡著的期間，如果廣惠院和詩經院揭露了韓會長做過的壞事……啊，他們不是要說關於你的事情，主要是舉發李韓碩胡亂服用的那些藥物。總之，若事情發展成那樣，那人們暫時就很難對這場國婚和特殊體質的事情說些不好聽的話，這樣應該會成為一個有效的方法。」

——『這……這是什麼不像樣的想法……』

「什麼嘛！韓常璟，你很壞耶。明明就打算丟下我自己走，現在我反過來說要吃下這個藥，你卻又不高興？」

——『殿……下……我……』

韓常璟眼角泛著淚珠，驚訝到提高嗓音的稚嫩臉蛋，讓人感到可憐的同時，也覺得有些可恨。

明明這麼驚訝，卻還是緊閉著嘴巴，都不想想李鹿發現這個藥時的感受……

「總之，無論是李韓碩服用藥物的事情，或是特殊體質擁有者並非自願擁有那樣的體質，卻被企業當成金錢遊戲工具的事情。仔細了解之後，真的覺得他們是很可憐的人。也因此，我覺得這樣的構想也不錯。」

但是，李鹿只要閉上眼就會想起韓常璟，他便放棄這個想法。

韓常璟會哭得多悽慘呢？會多麼悲傷呢……

「但是……如果我發生什麼事情的話，要以如此模稜兩可的狀態放著你一個人，那感覺會更大事不妙。」

——『殿、殿下……』

「所以我想著快點讓你露臉，畢竟我沒辦法相信一直說謊的你，為了讓你再也無法逃走，我才做這種決定。」

韓常環哀傷地垂下眉毛，為了忍住龐大哭意而顫動的纖瘦肩膀，因用力而顫抖的雙唇與下巴都變得皺巴巴的。

但是那圓鼓鼓的臉蛋實在是太可愛了，搞得李鹿都忘了認真的氛圍，差點就要大笑出來。

——『對……對不起……』

「你知道就好。」

——『我、我……我不是故意的……』

「雖然儘管我說過很多次，但還是獨自心煩的你讓人覺得有點煩悶……但我又能怎麼辦呢？畢竟我愛著那樣的你啊。」

也許是因為再也忍不住了，韓常環直接低下頭，因哭泣而顫抖的圓圓頭頂占滿整個畫面。儘管如此，他依然伸著手臂，讓自己的臉好好出現在畫面裡，這模樣實在是太令人感到既欣慰又心痛了。

雖然李鹿平時也不是個迷信的人，但此刻的確是個完美到令人窒息的時間點。

原本石砌壇的四葉幸運草是很難保有如此完整的狀態。若能岌岌可危地掛在石縫間那倒還好，但因為一探出頭就有人將它們整株拔走，這些小葉子總是在瞬間就會消失無蹤。

所以今天李鹿也沒有多做期待，只是想說要讓韓常琛看看景福宮名景之一，用石頭打造的階梯而已。

結果在可以與韓常琛聯絡的時候，他一跑出來就發現這株像是在開心地迎接、等待他的四葉幸運草。

李鹿等候交泰殿聯絡的期間，緊盯著這株小草時，總是會想起韓常琛。

雖然它長在一個奇怪的地方，卻很努力地探出頭。這樣子就像不論被人怎麼欺負，也不願放棄、繼續伸頭奮戰的韓常琛……

「大人們都說，結婚本來就是時間到了就會去做的事情，所以戀愛時間一點也不重要。有人交往十年最後卻分手，然後去跟他人結婚，也有剛認識對方幾個月就結婚的人……大家都是這樣生活的。」

——『可、可是……』

「雖然可能會擔心你的年紀是不是太小、是不是太快就與人結為連理……但我以後一定會讓你覺得，當初跟這個男人結婚是對的，會讓你知道人們所說的恰當時機就是此刻。」

李鹿像是在問候似地抓著小小的草搖晃著，並說：「這個幸運的四葉幸運草，不就是在見證這件事嗎？」

——『我、我……嗚……』

韓常環不停隱忍的哭意終究還是「嗚嗚」地流出巨大的淚珠。

「應用程式你下載好了吧？有好好錄影吧？」

——『咦？是……最、最一開始接電話的時候……那時候……』

「很好，我以後要看著那個鬧你。」

韓常環哭聲喊著「殿下」。總有一天一定要與韓常環肩並肩地躺在寢殿，並一起回味這段嗚嗚哭泣的生澀影像，到時躺在手臂上的韓常環應該會很害羞吧？

李鹿想像過所有事情結束後的樣子。等股東大會結束之後，就要在與他初次相遇的清玉橋前，就像童話故事中的王子殿下一樣，跪著單邊的膝蓋，並打開藏在袖子裡的戒指盒，正式向他求婚。

每棵樹上都掛著青紗燈籠，蓮葉上也要放上蠟燭，長長的垂柳上也要做點像樣的裝飾，欣賞著如絲綢般蜿蜒起伏的樹木，並回想著辛苦的過去……到那時候，韓常環是不是又會哭呢？

「對了，等一下……」

當李鹿因為可愛又溫暖的想像而感動開口的時候……

「呃！」

一陣疼痛突然襲向了李鹿的後腦杓，就像是被什麼東西刺到，痛楚好似電流般傳遍全身的感覺。

「刺下去了？」

「是的，沒有錯。」

陌生的嗓音和令人熟悉的嗓音混在一起。

「以防萬一，再刺幾針吧。」

那是誰？這又是怎麼回事？

在轉頭之前，就接二連三地聽見深刺進骨的恐怖聲響，雖然不知道刺向脖子的是刀，還是粗大的針頭……但直到後來，李鹿才意識到這些尖銳的東西是什麼。

——『殿下？』

直到李鹿聽見這道稚嫩的嗓音，原以為全部分離的知覺才被迅速被找回來。不過，那也只維持了一瞬間而已。

剛才他明明有話要告訴韓常瑮的，嘴巴卻僵硬地動不了，李鹿愣愣地眨了眨眼睛，他們是打算綁架自己？還是要殺掉自己？

綁架？難道是恐怖攻擊？是因為剛才正在幻想，才會發生這種如夢境般的事？

全身的力氣一旦放鬆下來，直到剛才為止都還很正常的世界便開始一直往側邊傾斜。

李鹿就像頭被麻醉槍射中的猛獸一樣，一晃一晃地邁開沉重的步伐，雖然好不容易地撐著石砌壇保持重心，但漸漸開始感到吃力。

「什麼嘛！他還沒昏倒耶！這個麻煩的傢伙……」

啊……這聲音明明就是聽過的聲音啊……但卻想不起來是誰……雖然李鹿很努力地想撐住，但眼皮真的好重。

「還有針吧？再多注射幾次。」

「可是……再多可能就真的會有危險，會長。」

「你不是說不會死嗎？」

「但是……」

「要是這小子沒死，而是變成半殘，對我來說反而有益，再多注射幾支。」

李鹿再也撐不下去了，身體就像是被揉皺一樣下墜，就連摔向地板的手機也是，摔倒時席捲而來的痛楚也慢了好幾拍，那跺著腳尋找他的嗓音也清晰無比。

竟然連手機都被推到這麼遠的地方了，看來這應該只是幻覺吧？這裡畢竟是景福宮，而那些人也說不會因為這樣就死，得要趕快告訴韓常瑮，叫他別擔心……

李鹿不停快速眨動的眼皮，就像鐵捲門拉下似地闔了起來。

Whispers Through the Willows

第18章

「啊，太好了，他似乎完全失去意識了。」

韓會長點了點頭，身下的深黑色影子也跟著大力搖曳，俯視李鹿那張毫無動靜的帥氣臉龐的視線中，包含著難以用單一詞彙形容的噁心情感，那是個混雜著忌妒、憎惡及歡喜的陰險視線。

「對小孩子沒必要再更認真了，就這樣結束一切吧。」

就算李鹿再次投胎出生，也絕對無法擁有的燦爛人生，如今也要迎向結局了。

至今為止受到他人禮遇的人生，也都是多虧李鹿前世投了一個好胎，儘管因為什麼Alpha、Omega的特殊體質的關係而跌落，但既然是天生的，那也沒辦法。

韓會長緩慢地動了動他那好似枯木，皺巴巴的手指，就像是滴入水杯中的一滴毒藥散開來似的，那是一個非常細微的動作。

——『殿下、殿下……』

韓常瑮結巴地喊著李鹿的嗓音變得十分沙啞，帶有銀色光芒的長袍衣袖早被淚水浸溼得殘亂不堪。

李鹿突然昏倒了，從手機畫面就像是從天上墜落的飛機一樣天旋地轉來看，應該是那樣沒錯，因為驚嚇而發不出聲響的焦急呼喊直到聽到恐怖的破裂聲才終於恢復正常。

手機畫面現在只剩下光溜溜的石頭而已，李鹿那想盡辦法努力撐住身體的皮鞋摩擦聲、有人高喊著要再多注射幾針的駭人嗓音，至今都還鮮明地在耳邊盤旋。

——『對了，會長。』

啊……失了神的韓常璟突然回過神，因黑漆畫面的另一端所傳來的某人聲音而顫抖著雙手。

剛才太過慌張，又加上沙沙雜音，所以並沒能清楚地聽見，但那個人分明是說了會長……會做出這種事、能聽到別人稱呼他會長的人……實在是太明顯了。

韓常璟緊緊地閉上雙眼，全身的神經就像是要爆炸似的，因為這是他第一次感到如此憤怒，讓他很難控制自己的身體。

韓會長，那傢伙光是欺負自己還不夠，現在甚至還讓殿下陷入危險。

——『那現在要聯絡A日報嗎？』

——『不，這次給B應該比較好，那些傢伙上禮拜不是搞了一個奇怪的人權報導嗎？』

韓會長呸了一聲，用粗糙的聲音喘著氣。

——『我在那裡撒了這麼多錢，他們卻不懂得知恩圖報……要暫時斷了他們的金援，他們才會清醒。』

——『那我就跟B公司聯絡，只要照您之前說的，把一切都歸咎給韓常瑮就行了嗎？』

——『是啊，因為這藥跟我給那傢伙的藥的成分相同，就說一切都是韓常瑮祕密策劃的。啊，告訴記者們的時候要小心說話。』

——『是。』

——『對了，話說那個淫亂的小子今天是不是要跟皇后做什麼？』

——『是的，為此我也放了記者進去。我會下達指示，讓他們把報導寫得更混亂一點，用評論去帶動氣氛，再讓人於現場故意問出各種問題以製造騷亂的話。他們絕對無法無視問題，畢竟韓常瑮也不熟悉這種事情，不論連花宮或皇后那裡有任何對策，他也一定無法好好面對。』

韓會長滿足地表示剛好他們還在進行直播，這真是太好了。

——『累積好的印象本來就很困難，但是要毀掉什麼是很簡單的，雖然最近社會對於特殊體質的印象有變好，但如果讓人們覺得Alpha或是Omega還會傷害他人的話，人們就會自動對其發動攻擊了。』

——『話說回來，該拿李韓碩怎麼辦呢？我聽說他正被監禁在連花宮裡。』

——『等等把這件事散布給記者，讓大家因為這個問題而忙得不可開交時再趁機處理吧。反正我也不是只有一個孩子，本想說他那當妾的媽媽很可憐，所以想給他一個完整的身分……嘖，結果根本就不知道要感謝。』

韓會長嘖嘖地表示，自己將自己的福氣推開的傢伙，根本就沒有再讓他回來的理由。

──『對了，這似乎是李鹿的手機……』

同時，待機室裡響起無法與稍早之前相比的巨響，也許是因為被某種爆炸般的聲音而嚇到，外面的人甚至還敲了敲門，詢問發生了什麼事。

韓會長似乎將李鹿的手機丟開了，但光是踩踏或是單純丟遠，應該不可能會發出這麼大的聲響，是因為撞到了石砌壇，所以手機碎掉了嗎？

撞向那個殿下特地拍給他看，有著四葉幸運草所扎根的石頭……

韓常琛閉上雙眼，不想先向他人公布的簡單告白，和希望自己等待再次求婚的請託，李鹿爽朗的嗓音於耳際響起，他那苦撐到最後仍倒下的健壯身軀和因與手機相撞而被折斷的四葉幸運草……

那些沒能親眼見到的悽慘景象，在韓常琛的腦海中不斷浮現。

掛在睫毛上的淚珠稀哩嘩啦地掉下來，韓常琛看著漆黑的手機畫面，接著用著不斷顫抖的手按了按螢幕。

錄影……記得剛才有錄影，但是要從哪裡看？如果一方突然斷了通話也沒關係嗎？影片還是能被完整錄製嗎？

按著螢幕各處的韓常瑮突然起身，現在不是這樣的時候，韓會長說馬上就要把事情告訴B日報，要毀了目前正在準備的直播……

儘管不聰明的自己無論再怎麼追究，也還是找不到李韓碩所做的行為與昏倒的李鹿有什麼關聯。偽裝成金哲秀，從韓家來的一個僕人故意對少爺和皇子殿下下藥，也是一件說不過去的事情。

但是媒體在煽動大眾的時候，哪會管你這麼多？雖然多虧四處露臉的李鹿，而讓大眾對於特殊體質所持有的偏見一點一滴地改變。

但如果媒體將李韓碩製造出來的鬧劇全部歸咎於對藥物上癮的Omega。那就如韓會長所說的，要讓李鹿崩潰也只是一瞬間的事。

韓常瑮連整理被哭花的衣袖的時間都沒有，就直接開門出待機室。

「常、常瑮？你哭了嗎？」

申尚宮慌張地跟上韓常瑮。

「發生什麼事了？剛才不是殿下打給你嗎？」

一般來說，申尚宮是不會在人們面前大聲地喊韓常瑮的名字的，不過看來因為韓常瑮現在的樣子看起來十分不尋常，才會讓她這麼做。

「請等一下！您該不會要用這種樣子去見娘娘吧？」

交泰殿的宮人們急忙地抓住往前衝的韓常環。

「您這是做什麼！」

看見宮人們胡亂抓住韓常環的樣子而被點燃怒火的申尚宮對交泰殿的宮人們高聲呼喊。

「這位是李皇子殿下的訂婚對象！」

「不是啊，申尚宮，您說話也太超過了吧？裡面的人可是皇后娘娘啊，而且還沒舉行嘉禮的訂婚對象用現在這種樣子跑去見皇后娘娘，真的沒問題嗎？」

就在宮人們禮貌地提高嗓門說道理時，韓常環便扭動手臂趁機溜出來，那些試圖抓住他的手拂過衣袖，就像是一場很長的噩夢中的其中一幕，被抓住的衣袖縫線敵不過人們的力量而被撕下來。

雖然這是為了今天站在鏡頭前面而努力準備的裝扮，依照李鹿的說法就是花盡心血而做的花衣……但現在重要的並不是這個。

「這到底是什麼魯莽的行為！」

在那毫無禮法的粗魯動作之下，巨大的屏風就像是要倒下似地搖晃了起來，那些本想抓住韓常環的宮人們發出了「哇啊」的驚呼，並走向屏風。

「娘娘，殿下、殿下他……」

正打算斥責對方怎能做出如此危險動作的皇后，表情變成驚訝。

「殿下？您是指李皇子殿下嗎？」

「有、有人……有人襲擊殿下。」

「什麼？」

韓常環顫抖著發出的尖銳悲鳴，讓屋裡所有人的視線全轉向了他。

韓常環因為想起自己躺在透明有如棺材的實驗艙裡，被研究員觀察的模樣而瞬間感到恍惚，但他仍努力咬牙，讓自己保持清醒。

現在可不是被那點小小心靈創傷折磨的時候。

「有人對殿下用了奇怪的藥，而且好像是想綁架殿下後，到處散播……奇怪的謠言……」

「不，您到底想說什麼？殿下現在人在慶熙樓……」

「殿下說要讓我看看四葉幸運草。」

粗大的淚珠連滑落臉頰的機會都沒有，地板就被染成了跟衣袖相同的顏色。

「所以殿下便打電話給我，要讓我看看……但是當時突然有人出現……」

皇后用下巴向站在身旁的尚宮示意，意思是要人趕快去了解一下狀況。

「雖然不知道到底發生什麼事，但您先冷靜一下，這裡可不是什麼隨便的地方，而是連陛下都在的慎重場合啊。」

「可是……韓會長是個令人無法捉摸會做出什麼事情的人……」

「您……您是說韓會長嗎？趙東製藥的韓會長嗎？」

「是的，雖然看不到臉，但那確實是韓會長的聲音，而且還說要跟B日報聯絡，說要把一切包裝成特殊體質的問題，是身為Omega的我因為藥物成癮而做出來的惡行。」

「什麼？」

「所以、所以……」

韓常璟刻意忍住哭意，自己沒頭沒腦吐出的這一堆字句，似乎讓皇后感到相當混亂，而包含申尚宮在內的其他宮人也差不多。

不是什麼阿貓阿狗，而是皇子殿下的訂婚對象，突然說李皇子被襲擊了，的確讓大家有被嚇到的感覺，不過也許是因為韓常璟說明得不夠詳細，讓大家似乎都無法感覺到這件事有多麼嚴重。這樣可不行，已經沒時間了……

「那、那我……我再全部……說明一次好了……」

「說明什麼？」

「韓會長說會動用人力毀了節目……還說要把這件事歸咎為特殊體質所為，所以我現在要把一切都說出來。」

記得韓會長說過會讓站在他那個媒體記者過來，既然如此，那如果反過來把這陣子發生過的事情說出來的話，那會怎麼樣？

雖然當初錄影不是為了用在這種事情上，不過反正剛才的視訊通話也已經全都錄了下來……

「我才疏學淺……所以想不到別的辦法，但是我……」

「等等，您現在到底……」

「我在和殿下進行視訊通話的時候，韓會長和他的手下……就突然出現，然後往殿下的後頸注射了某種東西，然後……然後……韓會長說要在直播的時候，讓記者去搗亂，讓娘娘感到困擾。所以請您在那之前，讓我有機會先將韓會長所做過的事情說出來，這樣才能迅速趕上那些將殿下抓走的人……」

韓常瑮緊抓著被淚水浸溼的袖口，他很清楚以卵擊石是不會起任何作用的，就像儘管哭著吵鬧不願吃藥，卻依舊刺向自己手臂的注射針筒一樣。

別說是將堅固的石頭擊碎了，他可能連一點粉塵都激不起來吧？

不過也可能會有人看得出這裡曾打破過雞蛋吧？那細小的痕跡如果是自己能做到的最大限度，當然會甘願奮力一搏。

之前他已經跟殿下約好了，以後絕對不會退縮，會鼓起勇氣面對一切，所以才會決定若眾人對自己射出比過往的經歷還要恐怖的利箭，也要欣然地接受。

「呃嗯……」

皇后反覆張開嘴巴好幾次，但最終還是沒說出任何話，感覺像是因兒子遭受恐怖攻擊的唐突消息而感到慌張，板著一副悲壯表情的她同時也像是在煩惱，該怎麼樣才能不帶任何誤會地將自己的想法傳遞給韓常瑮。

「其實您現在說的這些話，我都無法完整地在腦海裡組織起來……所以我現在正仔細地在回想您所說的一切。」

「啊……」

韓常瑮這時才因為想起他那沒頭沒腦的舉動，再加上因為淚水而變得亂七八糟的容貌實在過度無禮，忍不住燒紅了臉。

「微、微臣惶恐，我……我實在是太驚嚇了……」

殿下在向他解說四葉幸運草的過程中遭受襲擊，而犯人也確實就是韓會長，所以他才會想站出來說些什麼……

仔細想想，他說出口的都是支離破碎的句子，聽者會難以理解也是理所當然的。

當韓常瑮因慢一拍才感受到的羞恥而低下頭時，皇后便搖了搖頭，感覺就像是想安慰韓常瑮似的，掛在髮簪上的翡翠和琥珀裝飾輕輕相碰，發出輕快的聲響。

「我不是想聽您道歉才那麼說的，只是光以您所說的內容來看，還是難以掌握事情的經過。若重新整理一下狀況，意思就是襲擊李皇子殿下的人是趙東製藥的韓會長，對吧？」

「是的。」

「證據呢？」

「咦？證、證據……」

「當然，雖然翊衛司也會採取所有能確認事實的方法，不過您現在有沒有能馬上以示眾人的證據？像是電話錄音……」

韓常瑮被突如其來的問題嚇到，這才想起因殿下的拜託而錄下整個視訊通話的事情。

沒錯，剛才不也是這麼想的嗎？只要把影片給大家看就行了……

「啊……我把與殿下的那通視訊電話全都錄下來了。」

「是嗎？那真是好險，韓會長還說了什麼？包含B日報，他要到處去散播您是犯人的消息？」

「沒、沒錯。」

「還說要把特殊體質的問題也牽扯進去？」

韓常瑮吃力地點了點頭。

雖然韓會長還說要將李韓碩使用韓常瑮名字過活時所作出的各種行為當作玷汙李鹿之名的道具。但現在若連這個部分都一起說明，事情似乎就會越搞越大，於是韓常瑮便決定先保持沉默。

畢竟這還得說明他使用金哲秀這個名字的理由，以及李韓碩的存在。

這樣感覺事情一定會變得更加複雜，而且站在皇后的立場來看，她可能會對想偷偷處理這個問題的李鹿感到失望。

「看來他是想利用人們的偏見，製造毫無邏輯可言的危險行為，不過這種事情常常發生，我也不會驚訝。」

雖說令人難以接受，但這是一個乾淨俐落的整理。

皇后撐著額頭，並坐上坐墊，尚宮則是驚嚇得板著一張慘白的臉，不停地將視線來回於皇后與地板。

「目前最大的問題就是時間軸不符，您現在不是在這準備直播嗎？但這樣韓會長以您為藉口的這件事就一點都不符合脈絡。啊，我並不是不相信您，只是因為媒體和大眾，可能會把這種部分放大來看。」

「那……」

「在打輿論戰的時候，至少要確保周全的證據和明確的時間線，才能稍微獲取同情票。當然，就算如此，記者們還是會按他們的意思編撰內容，韓會長不也說過了嗎？與事實與否無關，只是要利用人們的偏見將您逼入絕境，與韓會長相比，我們能出手的牌力量非常小，若照這樣下去，儘管我們成為被害者，也一定受到眾人的指責。」

「可是……那……那我該做什麼……我現在馬上能做的……」

皇后默默地摸了摸自己戴在手上的戒指，那好似不會給予正面回覆的不祥沉默，讓韓常環不自覺地搖起頭來。

「娘娘……」

「這不管怎麼說都是在景福宮內發生的事情，若不是飛走，他們是不可能馬上把殿下帶出宮的，我們只能盡快確保殿下的安危。」

韓常環不解地歪了歪頭。

「您剛才的意思是……」

「您還是先回連花宮休息好了，以您現在的狀態來說，別說是直播了，連移動都有困難了。」

「娘娘！」

「崔尚宮，聯絡一下連花宮，告訴他們要來接人了。」

韓常環趕緊抓住要往外走的老尚宮的衣袖，儘管老尚宮要他放手，他仍死命地抓著，並抱著必死的決心往後看向皇后。

「那……那我就將我在趙東製藥所經歷的一切全部說出來，這樣就可以了吧？」

「您經歷過的事情？」

「其實……韓、韓會長對我……」

娘娘最終的意思……不就是認為事情根本沒有嚴重到那樣的地步，要自己馬上安靜地退下嗎？

怎麼可以這樣，對象不是我，而是李鹿，韓會長都做出如此缺德行為了，仍不採取任何行動的話，韓會長一定會再做出更殘忍的事情。

「韓會長為了硬是將我打造成Omega……所、所以一直把我當作實驗對象，長久以來對外宣稱的韓常環就是……總之，他會不讓我露臉就是因為這個。」

本打算離開的皇后，驚訝得突然顫抖了一下。

「什麼……您剛才說什麼？」

緊閉著嘴巴，僅是眨著眼的老尚宮這才回過神來，立刻將站在附近的人趕得遠遠的。

「實驗對象？硬是要把您打造成Omega？」

「……對。」

韓常環伸出舌頭濡溼雙唇，並抬起自己像是綁上重物一般不斷往下垂的頭。

這次韓常環不想逃了，這裡不是一輩子被監禁的趙東製藥研究所，也不是韓家的別墅，站在眼前的人不是研究員，也不是接受他的一切的李鹿。

這裡是被屏風包圍的明亮待機室裡，要韓常環在今天第一次接觸的尊貴之人與陌生宮人們的面前，將他以往所經歷過的事情說出來，並不是一件簡單的事情，但是……

「您說過，所有事情都必須要有證據，對吧？那、那個證據……」

韓常環將不停顫抖的手藏到身後，並抱著必死的決心繼續說道。

「啊！廣惠院之前有幫我檢查過，當時大家全都說我的身體很奇怪，而他們在那之後也一直在尋找可以幫助我的方法……當天一定有留下檢查的紀……」

「天啊，這真的像話嗎？」

吃驚的皇后用拳頭大力地揍向坐墊。

「娘娘，請冷靜。」

「你們怎麼可以只想著靠自己去解決這種事！怎麼可以將這麼嚴重的事情隱瞞到現在！」

「因、因為……」

因皇后的斥責而嚇得縮起脖子的韓常環決定堅強地繼續說下去，因為現在必須這麼做。

「因為……殿下對於這件事……他說不要讓別人知道我經歷過的事，也說過不想利用這件事去爭奪或爭執什麼。」

「所以才會沒告訴娘……沒稟報娘娘，絕對沒有其他不好的意圖……」

交泰殿的一名尚宮探出頭，並向老尚宮揮了揮手，皇后在從他們急忙的動作和嚴肅的表情中，明白到李鹿被襲擊的確是事實後，便大大地嘆出一口長氣。

「韓會長從多久以前開始就想和皇室扯上關係，還有開發各種藥物用在恐怖的事情……光是讓我來當證人……還是很不夠嗎？」

皇后默默地反覆緊握住拳頭、又鬆開拳頭，戴在手上的戒指也發著喀啦的碰撞聲。

「……您絕對想不到李皇子殿下因為Alpha的關係而承受多少痛苦。」

皇后接著用著帶有自嘲的笑容說：「不，也許您能理解呢。」

「反正因為Alpha和Omega的關係，兩位的這場婚約也成功了，您應該知道這件事吧？」

「殿下已經因為特殊體質的問題而承受著巨大的痛苦，所以如果這次沒能把握住這個氛圍的話，要等到下一次的機會，可能就會花上很長的時間，所以我才會想慎重行事。」

人們會對於重複的主題感到厭倦，儘管準備了任何詳細的證據，他們也不會想聽，所以必須一次解決才行。

「還有，現在最大的問題就是您。」

「我？」

「把韓會長的惡行告發天下是很好，但最重要的是，這畢竟是個帶有刺激性的話題。不論韓會長做出什麼樣的反擊，您所說的話暫時都會是具有力度的，但那樣做的代價就是……您以後可能就很難繼續站在李皇子殿下的身邊，不，應該說是會變成那樣。」

這和韓常瑮難堪的處境是兩碼子事，一定會有人大力反駁，指出曾被關在實驗室裡當實驗體的韓常瑮，怎麼能被納入宗廟社稷。

而那些反對的力道一定會大到無法與至今反對娶男人為妃的聲浪比擬。

「在因為得離開心愛之人而難過的同時，可能一輩子都得活在人們的竊竊私語中，雖然這件事並不是正確的……他們也並非不知道這麼做是不對的，儘管如此，您還是有自信，能為了殿下說出自己經歷過的一切嗎？」

韓常瑮大大地吸了一口氣，並像是做出龐大覺悟似地挺起原本一直下垂的肩膀。

「娘娘……」

但那樣的自信也只是暫時的，韓常瑮的身體馬上沉沉地垂下去，如果用最近常看的童話故事來敘述的話，那就像是泡沫一樣消失了。

韓常瑮的內心深處湧現出許多故事，有好多想說的話，卻一如既往地全吞下肚。

在陌生人面前敘述著他的過去有多悲慘，要承認他深愛李鹿的事實需要多麼大的覺悟……告訴他們這些，到底有什麼意義？反正就算在這裡展現他的真心，也無法將這份心意傳達給那個最想傳達的人……

韓常瑮慢慢地握緊拳頭，就像是在抵抗席捲而來的重力似地緩慢而激動。

「我……我無所謂。」

明明事情一點都不有趣，卻一直露出空虛的笑容。

但這也是真的，韓常瑮真的一點都無所謂，從不認識李鹿的過往開始，他就早已是一個在社會最底層苟延殘喘的某種東西了。

在毫不見光的黑色深水中艱難地喘息著，微不足道到不像一個人類的物體、在被打造成Omega的途中失敗了的廢物、要是沒有Alpha的精液，身體的興奮就無法平息的怪異軀體、雖然能將藥物的細微組合背得滾瓜爛熟，但最近才明白什麼是比較級、什麼是最高級的奇怪孤兒……

現在人們的竊竊私語，以及若是被烙上烙印，可能會很難成為皇室成員的事實，到底有什麼了不起的嗎？

韓常瑮可是有著面對那種批評，都不會眨一下眼的自信。要為李鹿撐腰所得付出的代價，居然只是這種程度的試煉？真想對他連一眼都沒見過的神盡情地嘲笑一番。

「反正我也從沒奢望過……能站在殿下身邊，只是……」

仔細想想，韓常瑮過去從沒主動接近過李鹿、承認自己喜歡上他。雖然時間短暫，但兩人能發展到交往的地步，全部都多虧了李鹿的主動。

除此之外，韓常瑮不僅違背答應李鹿不再說謊的約定，甚至還收到他的求婚……至少這一次，韓常瑮想變得率真點，那些既黑暗又醜陋的事情都由他來承擔，希望李鹿不會再因韓會長的折磨而感到痛苦了。

他之前早該這麼做了，就算李鹿不願意，也應該偷偷拜託鄭尚醞把事情告訴春秋館的，但就是因為覺得李鹿那安穩的懷抱實在是太美好了，才會完全無法下定決心。

韓常環抹去積在眼角的淚水並抬起頭，想著李鹿那既優雅又堂堂正正的姿勢，然後挺直腰桿、翹起下巴。

「我希望殿下……可以不再因為那種人而感到痛苦了，比起每次都要在自己不喜歡的場合露臉、尋找該如何與那些人對抗……」

不要再因為那些不是事實的話語而讓自己的心受傷，過著幸福快樂的生活……

「我想要的……就只是這樣。」

——『……雖然很突然……但是預計這次……記者會上的內容……』

因為從剛才開始不停在耳邊嗡嗡作響的聲音，讓帥氣的粗濃眉毛像是在訴說不悅似地挑了兩下，好想伸手拿遙控器，真想關掉這個吵死人的電視……可惜身體仍舊無法輕易動彈。

可惡！

李鹿像是在洩憤似地用舌尖用力頂了頂門牙，好在軟軟的舌尖在碰到堅硬的牙齒時，就像是被按下什麼按鈕似的，讓他慘白的臉龐逐漸恢復生機。

不論他再怎麼努力仍無法睜開的眼皮，也在經過幾番苦戰後，終於成功地顫動了。在那之後的動作也隨之簡單起來，好似布幕般垂下的眼睫毛也慢慢地張開，光線也灑進細小的視線之中。

「呃呃……」

李鹿的眉頭自動緊皺，本想慢慢調整自己這個現在不太聽話的身體，但隨著意識越來越清楚，一股陌生的痛楚就彷彿等待許久似地突襲而來，灼熱又刺痛的感覺漸漸成為巨大的痛苦蔓延至全身。

李鹿只動了動眼珠子確保他所躺的地方為何。

首先，映入眼簾的天花板並不陌生，嗯……從椽子到到柱子和牆壁的圖樣來看，這裡分明是資善堂，不過從擺滿物品的架子來判斷，似乎不是宮人們居住的場所，比較像是整理布料的地方。

啊……李鹿這時才想起了自己被襲擊的事。

到底哪個瘋子？

就算太子再怎麼因為自卑感而發瘋好了，也絕對不會下令指示要在慶熙樓附近將他迷昏並綁架，更不會將倒下的他藏在資善堂。

「您已經醒啦？」

這粗糙的嗓音令人感到莫名熟悉，但因為還無法快速反應過來，李鹿便急忙地輕輕甩了甩頭。

不……其實他早就知道對方是誰了，明明都知道，但也許是因為想否認的心情實在是太龐大了，才會無法馬上想起對方的名字。

「看來別人說Alpha的肉體很強韌是真的呢。」

如屍體般的慘白臉蛋無神俯視著李鹿，也許是因為影子遮擋的關係，四周就像是太陽下山似地黑暗了起來。

「如果是Omega的話，可能就會倒地不醒個三天三夜呢。」

……是韓會長。

「你該不會是為了拿兄長當藉口，才選擇資善堂的吧？」

「是啊，您可是一名行程和動線都很清楚明確的人，我能拿什麼藉口把您帶出去？若要在宮裡好好招待您的話，應該沒有比資善堂更好的地方了吧？」

看來韓會長似乎是想對外謊稱太子是這件事的共犯，雖然原本就知道他很看不起自己與皇室，才會計劃著一切將韓常瑮和李韓碩全都送進宮裡。但李鹿從沒料想到，他會如此光明正大地在景福宮做出這種事。

「就算兄長再怎麼不成才好了，你覺得人們會相信那種話嗎？」

「有哪個小道消息，是因為是事實，而被人們相信的嗎？」

韓會長用著好似枯木的手指按了幾下遙控器，電視的聲音大到若不提高嗓門就聽不見對方說的話。

「就算這樣，這件事只要確認監視器畫面就能解決了，你何必上演這場無聊的綁架戲碼？」

「哈哈，這種事情我難道會不知道嗎？」

韓會長用手指向某處，李鹿用手掌按了按刺痛的關節，好不容易才起身，一股令人不適的刺痛感沿著背脊擴散開來。

同時，宛如炸彈爆炸似的相機快門聲響徹整個空間，李鹿不自覺地將頭轉向電視機畫面，因看見畫面中那張狼狽不堪的熟悉臉孔，而嚇得睜大了眼。

「……韓常環？」

畫面中的韓常環臉色慘白得像是被抹上一層麵粉。

啊啊，話說……手機呢……手機去哪裡了？

電話突然就這麼斷了，想必他一定很驚恐吧？

他應該從宮人們那裡聽說自己消失的事情了。

儘管如此，韓常琛似乎還是打算繼續進行節目，到底該稱讚這樣的他很了不起，還是該擔心他根本就不需要在這種時候勉強自己……

「是啊，到時您一定會為了救韓常琛，而苦求我不要那麼做，也不會管監視器怎樣的，只會安靜帶過我綁架你的這件事。」

「這又是什麼意思？」

「聽說您打算利用那隻蟲子所擁有的股份。」

在短暫的沉默後，李鹿決定厚著臉皮回擊，反正自己也不曾覺得韓會長會沒察覺這件事。

「所以呢？有什麼問題嗎？要怎麼用自己的財產……」

「啪」的一聲，一陣驚人巨響隨之而來，李鹿被狠狠打了一巴掌，再加上是在話未說完前就被毆打，他也因此咬到舌頭而受傷流血。

「雖然想過等解除婚約之後，就讓他輾轉各處來撈回本，但看著那隻蟲子一直想掙扎的樣子，就覺得心裡不是很爽快，所以我要把一切事情的責任歸咎於他。」

韓會長一臉心滿意足地搖晃著手中的手機，就像是在表明只要他的一通電話，就能結束一切。

「……不准那樣叫他。」

「一介平民打了皇子殿下一巴掌，但您最先脫口的居然是這種話？」

韓會長嘖嘖幾聲，就像是在嘲笑小孩子們的戀愛遊戲。

「您打算利用大眾不知道韓常瑮的長相，來繼續維持婚約吧？好，那我就將這個計畫原封不動地還給您，而劇情就是韓常瑮平常就行為不正，在柳永殿吸毒、叫人進宮裡亂交，結果因為被發現而怕被趕出宮，所以打算毒殺殿下。」

「什麼？」

「這不是事實嗎？」

「你……」

「是啊，這些不是韓常瑮做的，而是李韓碩做的，但就如殿下所知，李韓碩不是一直借用著韓常瑮的名字過活嗎？」

「你覺得這種事不會被揭穿？那種破綻百出的謊言能撐多久！」

「殿下，我不是說過了嗎？韓常瑮本人會拒絕的，我能保證，他會乖乖地聽從我的指示，並哭著求您照我說的做。」

「值得慶幸的是，那個愚蠢的傢伙似乎愛您愛到敢頂撞我呢，但是他如果真的愛您的話，就不該做那種事。」

韓會長咧嘴笑著表示，若站在不想被發現弱點的人面前，就得比對方還要狠心。儘管是一百次，也要學會不認耶穌才行。

「所以啊，不論我在他身上加諸什麼樣的罪過，他根本都無法提出任何辯解。那些收我錢的媒體，已經將各式各樣的猜測都散布出去了。畢竟他清楚地知道獨自成為那個因嗑藥而發瘋的人，是唯一一個能不讓殿下受到傷害的方法。」

——『依照原定行程……我應該向各位介紹展示會的日程才對……但、但是在那之前，我有話……』

韓常瑮的聲音小得不像話，甚至被那些要他調高麥克風音量的記者呼喊聲蓋過。

「還有，雖然不知道您知不知道這件事，但如果韓常瑮不定期服用我們實驗室所研發的新藥，他本人會變得很麻煩，您若想看到他往後還能維持正常的精神狀態活下去，殿下您以後也得乖乖協……」

——『趙東製藥的韓為勳會長……那個人……並不是……我的親生父親。』

但是電視機畫面另一端所傳來的稚嫩嗓音，卻開始說著任何人都料想不到的事情。

——『那個人……一直把我當作……各、各種特殊體質藥物的……實驗對象。』

原本還得意洋洋的韓會長馬上停下動作。

「……他在說什麼?」

李鹿驚嚇的程度也跟韓會長差不多，但是韓會長似乎不單純只是嚇到或是驚慌。

「這……他現在……」

即使死去的耶穌在眼前復活，似乎也不會比現在這種情況還要令人震驚。

——『從小時候開始……他就把我……當作特殊體質……也就是Omega的新藥實驗對象撫養長大，雖然趙東製藥對外都以我的身體不好，因此不便外出為由，將我隱藏起來，但其實是因為我主要都被關在趙東製藥的實驗室或別墅的關係……』

令人震驚的消息，讓內部的喧鬧聲戛然而止，在令人窒息的寂靜中，韓常瑔不安地快速眨了眨眼，因為過度照明的關係，讓他那原本就很雪白的臉蛋看起來就像一張白紙。

「那臭蟲般的傢伙……怎麼能說……那種話……」

韓會長像是無法接受現實，慢慢地眨著眼，無法置信地不停嘀咕相同的字句。

失魂呆望著電視畫面的人也不只是韓會長，李鹿也是如此。

韓常璟，你現在在搞什麼？你到底想獨自一個人說出什麼話？母后為什麼會放任他如此作為？韓常璟為什麼會……

嘴巴欲言又止地開開合合，但儘管張開了嘴，只是讓嘴裡的鮮血往肚裡吞。

──『而在這個過程之中，皇室又提出了婚事……韓會長似乎也不想錯過這段姻緣，呃……所以最後決定將身為私生子的李韓碩和我一起送入了連花宮……』

──『請等一下，您是說和私生子一起入宮？』

──『我們現在可說是非常驚訝，您的意思是韓為動會長至今為止都欺騙大眾，表示韓常璟先生您是他的親生兒子，甚至還想將韓常璟這個身分給私生子？』

──『抱歉，我們現在是真的有點難理解您在說什麼，可以先整理一下您所提出的內容嗎？您手上應該有準備好的報導資料吧？』

當其中一位無法忍受的記者高聲呼喊後，其他人就像是無法錯過機會一樣，風暴似地向韓常璟投出各種問題，雖然幾名宮人站出來表示要大家安靜，但當第一個問題一被提出，這陣風暴就變得難以平息。

韓常瑮就像是被眼前的景象震懾住似的，乾瘦的身體縮得無法動彈，蜷縮的肩膀顫抖得就像山楊樹一樣。

他會害怕也是理所當然的，就連一出生就站在鏡頭面前的李鹿也會因為那些巨大的鏡頭而感到壓迫了……第一次面對記者們的韓常瑮該有多麼痛苦？

原本李鹿就已經覺得恍恍惚惚的，現在心中還滿是怒氣，讓他有一種被鈍器砸中後腦杓似的緊繃感。

奇怪，怎麼會讓那麼小的孩子站在鏡頭面前？他們到底是想怎樣，怎麼會允許這種事情發生？

而且不知道是春秋館還是哪個地方，他們似乎已經事前與皇室所屬的部門協議過了，從韓常瑮手上握有一張小紙條來看，他們似乎還為他準備可以提及的關鍵字。

啊……

李鹿煩悶地不停抹著臉，皇室最終也將一無所知的孩子視為活祭品，因為韓常瑮這破天荒的談話內容，讓內部戒備過度鬆懈的問題得以暫時平息。

——『啊……是，沒錯，私生子李韓碩……自入宮的那一瞬間起……對外就一直、呃、就以我……以韓常瑮這個身分過活。』

——『抱歉，我聽不太清楚，您剛有把麥克風的音量調大嗎？』

——『相同的話一直重複，讓人有點難以理解，報導資料呢？』

記者們神經質的呼喊聲，讓韓常琛本能地想低下頭，他緊咬著雙唇，看起來是在習慣性地想道歉時，意識到他不可以這樣。

——『是的……抱歉，但您說的內容是正確的，韓會長想給私生子一個光明正大的身分……而因為外界沒有人知道我的長相，所以他便下達指示，要私生子往後假裝是我，也就是假裝是韓常琛這個人繼續過活下去。』

——『雖然這件事滿衝擊人心的，但這似乎不是適合於現在這個場合發表的內容，您有證據嗎？』

——『證據……我之前曾在廣惠院接受過檢查。再過不久，我們應該就會透過廣惠院，讓大家知道我從小所經歷過的事情，還有，我會如此突然地公布這些事情的理由，是因為……』

握著紙條的韓常琛充滿力量，看起來就像在忍耐著馬上就會潰堤的淚水，只能透過影像看著他那副樣貌的李鹿，手背上也布滿突出的青筋。

在廣惠院進行祕密檢查的時候也是，在那樣的祕密場合裡，韓常瑮也表示得想像他身處實驗室，才能開口道出自己的故事，說如果不那麼做的話會很難開口……從當時到現在其實也沒過多少時間，李鹿完全無法猜測現在的韓常瑮是抱持著什麼樣的心情站在那裡？花了多大的力氣去動作那僵硬的舌頭……

——『是因為韓為動會長不久前綁架了李皇子殿下。』

——『綁架？您是說綁架嗎？』

——『但我聽說殿下今天會在慶熙樓參加午宴，您的意思是他在景福宮內被綁架？』

現場頓時落下無法與剛才相比的噪音，儘管鏡頭只對準韓常瑮，記者們依然擠到最前線。後方的筆電敲打聲更像是要粉碎鍵盤似地激烈，可以原封不動地感受到現場人們向各處打電話而亂成一團的場面。

——『正確來說……是韓會長加害於李皇子殿下，讓他昏厥之後，再將他藏去了某處。啊，我這裡有證據，因為韓會長是在我和李皇子殿下視訊通話的過程中闖入的……所以韓會長對殿下說了什麼，為什麼要在殿下身上注射藥物，這一切的紀錄……一切的影像都被保留了下來。』

——『但是韓會長應該沒有那麼做的動機吧？』

——『李皇子殿下在得知我至今所經歷過的一切之後……為了幫助我，呃……因為想幫助我，所以計劃要將我從趙東製藥裡救出來，而韓會長也發現了這件事……非常憤怒，所以……』

——『現在得整理一下過程，要結束記者會了。』

也許是因為再也難以站在一旁看著，在附近待機的申尚宮站了出來，當申尚宮像是在說到此為止，拍了拍韓常璟的肩膀時，那勉強支撐著他的纖瘦脖子便瞬間落下，就像是一個完成任務的老舊機器人。

——『皇后聽到消息後，馬上前往景福宮，而有關這件事情的詳細事項，春秋館馬上就會表明立場內容，請各位再稍等一下，這場緊急記者會就到此結束。』

雖然聽見如同點燃乾枯木柴的激烈抗議聲，但記者會的畫面仍然被緊急切斷，取而代之的是編輯過的廣告。

不過這也是暫時的，因為新聞馬上就會出現快報了吧？

李鹿呆愣地望著電視機，將手伸向旁邊，想著要抓點什麼之際，便抓到一個好似小碗的東西。

在沒能確認這是資善堂日常使用的物品，還是故意拿出來放的寶物之下，李鹿便直接將東西丟向地板，鏘啷的破碎聲聽起來相當遙遠。

也不知道韓會長到底對他注射什麼東西，儘管李鹿已經醒來一段時間，但當要活動身體時，卻還是比想像中還要困難。

李鹿彎下腰時，所有牽動肌肉的筋膜，都有一種快要斷掉的感覺。他忍住哀號，抱著必死的決心握住了碎片，而當尖銳的碎片一劃過手掌，李鹿的意識也變得比剛才還要清楚，現在可不是被那種不明藥物搞得昏昏沉沉的時候。

此刻的李鹿終於放下那時刻都要保持高雅的欲望，對那些卑鄙的傢伙，就得以相似的方法還以顏色。畢竟最重要的就是不被打倒、繼續撐下去，那就試著動員一切可行的方法吧。

雖然李鹿如此地下定決心，但他仍沒有任何想要利用韓常瑮的過去來爭鬥的想法，只有這件事，他是始終如一的。

但是事情怎麼會以這種方式、這種型態發生呢？

韓常瑮可是一名至今為止，都不曾偷偷吃過消夜的人。他的小小世界，是用在實驗室裡看過的電視節目和童話書所建構而成的，他一直都活在既寒酸又破爛的世界，最近才接觸了幾本書和試題罷了。

一想到未來會有多少恐怖的言論朝那樣的韓常瑮射去，就讓李鹿更是急得要發瘋了。

「這麼會這樣……」

李鹿將小碗砸向地板並蹣跚地移動腳步期間，韓會長只是一副不可置信似地持續盯著電視機畫面，而他那像是被背叛似的嘀咕，更是令人作嘔。

「明明……明明就有好好管束他……」

哈……原來氣到極致的時候，是真的什麼話也說不出來啊。

李鹿將蓬鬆的瀏海往後撥去，雖然沒能擦掉的血跡在臉上沾得到處都是，但現在可不是管這種事情的時候，因為若不這麼做的話，似乎會很難控制自己不斷加快速度的呼吸。

「明明就有好好管束他……就算有人拿刀抵著他的脖子，他也不能說出來的，到底怎麼會……」

「好好管束他？你該不會是真的不懂，才會說這種話的吧？」

在李鹿的喝斥之下，韓會長失焦雙眼轉頭望向李鹿，那好似真不知道原因為何的表情中，甚至還散發著令人毛骨悚然的瘋狂氣息。

「那當然，韓常瑮不是蟲子，而是個人。」

「那傢伙……」

「他不是依照你的灌輸而行動的機器人，他是個人！」

李鹿丟出緊握在手中的小碗碎片，並奪走韓會長不久前像是在嘲弄他，而不停搖晃的手機。

現在會忍住不揍眼前的那個臭老頭，單純只是為了保護韓常璟。

總之，所有事情都已經覆水難收了，容易擔心、容易流淚的那個韓常璟，在不認識的陌生人面前，將韓會長這些日子以來的惡行說了出來，讓韓會長再也無法將自己作為藉口來撼動連花宮。

韓常璟用盡自己畢生的勇氣，站在記者們面前……要是現在他對韓會長做了什麼，那事情一定會變得更複雜。

所以啊，還是先忍住吧，李鹿用鼻子呼出長長的一口氣，並敲了敲手機螢幕。

好險手機並沒有設置密碼，現在最先要做的事就是先報……啊，不對，反正門邊的某處一定有能傳喚侍衛們過來的按鈕，等他們過來後，就馬上聯絡鄭尙醞……

「這、這些……這些囂張的東西！」

在與自己很近的距離，傳來很常聽見的那種宛如反派角色說的惡臭臺詞，正當李鹿對著那瑣碎的臺詞嗤之以鼻，回頭查看的瞬間……

「呃！」

某個尖銳的物品刺向李鹿的手臂後又彈了開來，還有不明物體發出「鏘」的聲響滾落到地上。

「那些囂張……囂張的東西！」

李鹿的額頭自動冒起冷汗，雖然因刺穿肌膚的痛楚而讓他發出哀號，但那東西似乎不是刀。

李鹿瞇起眼睛觀察著掉落在地上的東西，那是一只看似被使用很久的箸子，看來就像自己不久前抓起的小碗一樣，韓會長也伸出手，隨便抓起一個東西。

但也好險，韓會長的附近並沒有剪刀或水果刀。

「哪怕只有一次，如果那些傢伙曾因為不舒服而買藥來吃過，他們就不可能對我指指點點！不論是藥局、便利商店或是任何地方，他們可知道那些能輕易購入的感冒藥和止痛藥是怎麼開發出來的！我花盡心血撫養韓常瑮和那些普通的臨床實驗到底有什麼不一樣？」

花盡心血撫養韓常瑮……

光是韓會長在連花宮的人們面前抓著李韓碩的頭不停往桌上撞的時候，就已經覺得這個人一點也不普通了。呃，其實光是想想他對韓常瑮做過的事情，就知道無法將韓會長視為一個理性的人類……他真的是一個瘋子沒有錯。

李鹿緊皺著眉頭並看向高聲吶喊的韓會長，覺得當初為了與韓元碩結緣而四處露臉、因害怕韓會長會在股東大會之前動用韓常瑮的股份而戰戰兢兢的那些日子，都讓人覺得十分可笑。

如果把自己現在正看著的這副景象告訴別人，大概不會有任何人相信吧？人們大概會想著，規模如此龐大的公司老闆會如此沒腦子嗎？

韓會長是一名能對自己犯下的罪行睜一隻眼閉一隻眼的人，而他似乎也不覺得自己做的是壞事，那些喜歡錢的人都很尊敬他，所以他也認為自己一定很輕易就能得到他人的原諒。

雖然韓會長現在心灰意冷到連冷笑都笑不出來，不過……畢竟他就是這種人，所以當初才會在景福宮裡對皇子下手。

「就隨便你們吧，是啊，就照法律行事吧！你們以為你們關得了我嗎？沒有我韓為動，沒有趙東製藥，你認為這個國家還能好好運轉嗎？我這麼做都是因為愛國！我將我的身體、我的青春，全都奉獻給這個國家的保健、全國人民的健康！你這傢伙明明也有在吃我所製造的抑制劑！不、不頒發個勳章給我就算了……怎麼能讓我如此丟人……」

韓會長憤怒得無法繼續自己的一派胡言。

——『那些囂張……囂張的東西！』

因為李鹿所持的手機裡開始放出韓會長不久前那彷彿是最後怒吼般的狂吼。

「這、這是……」

「哎呀，我不是為了鬧你喔，真的是因為手滑的關係，才會不小心按到錄音鍵。」

「什麼？你說這什麼鬼話！」

「就跟你說真的是不小心的嘛！你要是覺得委屈，那就去叫P公司的會長交保釋金啊，這好像是P公司的新產品呢。」

李鹿大步邁開步伐，也許是韓會長對於這被下了這麼多次藥，卻能如此迅速就清醒過來的他感到威脅，不禁緩緩地向後退。也是……剛才李鹿為了反擊而把自己的手弄得滿是鮮血，他搞不好會覺得李鹿根本就是一個瘋子。

「看來緊急股東大會會比預期中還要提前召開呢。」

韓會長身旁的櫃子上擺滿各種簪子與好似飾品的物品，李鹿伸手抓起一只簪子，上面掛著的小小鈴蘭草，讓他想起某人。

「嚇！」

反覆觀察著那討人歡喜的髮簪後，李鹿不帶任何一絲猶豫地將髮簪刺向自己的前臂，金屬敲擊骨頭發出的喀拉聲響令人感到十分恐怖，那個部位就是韓會長方才用簪子刺傷李鹿的部位。

「你、你這個瘋子……」

韓會長發出難聽的聲響，嚇得張大嘴巴。

「至今為止深怕自己所犯下的一切罪行會被發現的韓為勳會長，綁架李皇子並試圖將其殺害，這則新聞……應該會是最有殺傷力的新聞吧？」

雖然李鹿現在嘴上是那麼說……但其實一點信心都沒有。

就算有某個大事件被爆出來，有關韓常璟的各種難聽猜測也不會被平息，一定會被記錄在各家媒體，成為他一輩子無法抹滅的汙點吧？

而現在他能做的就是往後不論有任何暴力言論指向韓常璟，都不能放開他的手，這就是他能做的一切。

「那隻如臭蟲般的傢伙到底算什麼？還讓你自殘？你以為你這麼做，就掩蓋得了那小子的低賤嗎？」

韓會長像是無法相信李鹿所做出的行為而瞪大眼睛，彷彿就像是在說他無法理解李鹿為了韓常璟所上演的這齣無意義的戲碼，一邊大力地喘著氣，一邊指著李鹿叫罵。

「這個嘛……就當作是因為那宛如冤家般的愛吧。」

韓常璟到最後都打算欺騙自己，他從韓會長那裡收到如此危險的藥之後，也沒有對他透露出任何消息。

雖然李鹿只要一想起這件事，就會覺得這個騙子戀人真的很令人傷心……但儘管在提到有關藥的事情時，比起那些埋怨他的話，自己口裡最先吐出的仍是要他和自己結婚的宣言。之前李鹿曾對猶豫是否要開始這段感情的韓常環說過類似的話。所謂的戀人、所謂的愛，本來就都是這樣。

而那句話就如字面上的意思，雖然韓常環違背好幾次曾答應過他不再說謊的承諾……但是那又有什麼辦法？因為他就是這麼喜歡韓常環。

哪怕只是一點點，但若能減去愛人身上的一絲痛苦，也會甘願獻出他的骨肉……這也許是韓會長到死都無法理解的事情吧？

「呼……」

李鹿越過因怒火而氣得臉部顫抖的韓會長，慢慢地向前走去，他所邁出的步伐如同鉛般沉重，眼前就像是被蓋上了一層不透明的薄膜，漸漸白了起來。

呃嗯……所以……他的意思是原本要讓韓常環吃下這種藥？此時的李鹿耳邊響起鄭尚醞所喊的「您想清楚，要是如此大膽地服下這個藥會變成怎麼樣」的煩躁嗓音。

這藥居然這麼毒……如果因自己代替韓常環服毒而感到慶幸的話，鄭尚醞大概會氣得直拍胸膛吧？

那麼韓常環會怎麼樣呢……

「嗯……」

李鹿一想起用一副欲哭的表情凝視著鏡頭的韓常璟，他就不自覺地嘆出一口氣，如果他真的像茱麗葉那樣睡著，韓常璟大概會像不久前那樣，堅持要舉辦記者會，然後再說出更讓人困擾的話吧？

果然，那樣事情真的會變得有點麻煩。至少李鹿必須是清醒的，才有辦法保護他。

李鹿慢慢地移動步伐，雖然抱著必死的決心做出各種想像，但他似乎馬上就要來到自己的界限了。

如果在這裡昏倒的話，一切就完蛋了……至少要先叫侍衛們過來，才能閉上眼睛啊……

「試試看啊！要試就試看看啊！」

韓會長對著李鹿那蹣跚的背影烙下狠話，李鹿則是在緊閉雙眼後再次睜開雙眼，剛才他刺傷的部位就像受到燒燙傷似地灼熱，在藥效未減的狀態下，現在身體還有一種要燒起來的感覺。

「你以為收我錢的媒體只有一兩家嗎？就算我被關進監獄幾十年，那些傢伙還是會搖著尾巴等待我下達任何指示吧？因為我光是在牢裡呼吸，財富就會自動增加！」

李鹿扶著門口，不停地喘著氣。

韓會長說的沒錯，就如同他所自負的那樣，這對他來說也許根本不會造成太大的打擊，除此之外能確定的是，那些受到韓會長錢財恩惠的狐群狗黨，到時一定會盡全力撲向自己。

而李鹿此時此刻就能想像得出來，那些原本就很討厭自己的媒體，到時會有多麼殘忍。

儘管如此，也不是沒有任何變化產生，哪怕只是一個微不足道的攻擊，今天所留下的這一個小小瑕疵，就足以成為摧毀像韓會長這般人物的重要關鍵。

而這一切都是多虧了那位雖然滿臉驚嚇，卻還是在萬人面前說出自己所經歷過的一切……既柔弱又堅強的韓常瑮……

「儘管如此……我所期望的可不是用這種方式……」

仔細想想……當初跟韓常瑮說了什麼？

最初的謊言被揭穿時，當時是不是要他給自己能將他救出來的機會？真是的……想著想著，現在覺得這句話還真是有夠傲慢……

李鹿伸出顫抖的手，緊緊地按下呼叫鈕，氣喘吁吁地像瘋掉的人一樣地笑著。

到底為什麼要這樣，雖然現在最先要做的，應該就是斥責韓常瑮，要他不可以再做出那種事……但是他現在也真的很想讓韓常瑮知道，韓會長在看到電視畫面中的你時，扭曲的嘴臉有多麼精彩。

還有，我也想讓你知道，你所鼓起的那份勇氣有多麼地了不起，雖然我傲慢地自稱自己是救贖者，但最終救了彼此的人其實是你……

Whispers Through the Willows

第19章

〔獨家〕「趙東製藥醜聞，經營權的繼承與國婚的後續？」

韓為動會長被拘留後，長男韓元碩兼紫雲建設代表雖然為了緩和氣氛而站出來，但似乎難以平息大眾們的嚴厲指責，大家貌似很難相信韓元碩代表不知道韓常琛所經歷過的駭人實驗。

趙東製藥內部也推測韓為動會長的直系家人要繼承經營權將會有很大的困難。

另一方面，韓常琛目前仍居住在連花宮，雖然皇室目前對於國婚的進行並沒多做表明，但依照相關人士的說法，聽說李皇子李鹿殿下有很強烈的意願，要在身體康復後舉行嘉禮。

網民們則表示，韓常琛所經歷過的事情目前不知真假與否，必須再斟酌他是否有成為連花宮女主人的資格。

金○○記者 kimkija@news.co.kr

全部留言數（一六八七）

到底有沒有良心啊？昨天還在那叫說要ㄌㄌ和ㄏㄔㄌ拿出更確切的證據，現在直接寫出這種報導也沒問題？這些終究都不是確定的事實，而是相關人士的猜測不是嗎？ㄎㄎㄎㄎ

「就是說啊哈哈哈哈，到底所謂的網友是誰？？至少我本人是沒說過那種話啦~唉~韓常琛明明就是最可憐的被害人，結果現在還成了出氣包。

「唉~可憐是可憐，但不覺得強制舉行國婚有點那個嗎？

「就是說啊，撇開可憐這件事，我可不想讓那種人成爲王妃，他才沒資格，對了，所以韓常瑮的確算是Omega？他們的說法很令人混淆耶！

「他應該是Omega吧？

「呃，應該是吧？如果不是的話，那不就只能算是男同結婚嗎？ㄎㄎㄎㄎ！

「反正因爲特殊體質的關係，現在同性之間的婚姻也合法化了，有什麼差嗎？

「喂，皇室的婚姻跟同性婚姻可不一樣！

「有什麼好不一樣的？

「是啊，你還眞cool啊，媽的，根本就是西伯利亞大平原嘛。

「不是啊……撇開其他的問題不管，若眞與韓常瑮舉行國婚，那不論如何都得和韓爲勳扯上關係了啊！就算韓常瑮是被害人好了，皇室有可能會想跟一個會令人想起韓爲勳的人扯上關係嗎？

「對啊，皇室應該會謝絕一切與韓爲勳有關的問題吧？就算李鹿再怎麼無所謂也沒辦法吧？昨天看到記者們拍的照片，看韓常瑮在病房前又哭又鬧，眞的不是鬧著玩的，就感覺他們似乎是眞愛。

「唉……我也是在看了那個之後就再也罵不下去了，當事人是如此地相愛……

「欸，他們一個二十歲，一個二十三歲哈哈哈，就算現在兩人之間的愛好似世紀之愛好了，以後一定都會和其他人交往的ㄎㄎ，而這一切都將成爲黑歷史，我賭上我現在正在吃的杯麵！

「嗯，話是沒錯啦，但是爲什麼他們只把ㄏㄔㄌ擋在門外？難道他已經在過婆家生活了嗎……

「連婚都還沒結，什麼婆家生活啦！哈哈！

「還以爲跟韓爲勳有什麼關係咧ㄎㄎㄎㄎ但說眞的，韓常瑮那傢伙是最可疑的！

▽查看所有留言△

韓常瑮鐵青著臉看著報導，煩惱著要不要將剩下的留言都讀完，但最後還是打消這個念頭，因為這終究只會讓自己的心受傷。

雖然那些同情他的言論也很顯眼，但更多的是認為這一切根本不像話、不相信他的人，從韓會長和他是暗昧關係的傳聞開始，甚至想向知道事實卻一直保持沉默的李鹿追究……數不清的各種胡言亂語，每天不斷湧現。

雖然人們的想法都不一樣，但能確定的是，大部分的人都不贊同這場國婚的進行。正確來說，是不贊同他與皇室扯上關係。

不過，這部分反而是韓常瑮能冷靜接受的事實，對於懷疑像他這樣的人怎能進入皇室的貶低言論，韓常瑮是真的不以為意，畢竟人們說的是事實。

但是因為他的關係，而且還是他不曾說過的話語像是爆米花爆炸一般射向李鹿或是皇后娘娘，這件事才是真正讓韓常瑮感到難過的原因。

特別是人們對交泰殿的批判，比對於身為這起事件主角的自己所做出的辱罵還要更露骨，讓他嚇得目瞪口呆。

皇后娘娘明明就很認真地傾聽他的故事……而且還說感謝他不帶任何猶豫地站出來，儘管皇后娘娘說要以他說的那些內容來打擊韓會長……但令人驚訝的是，皇后當時也勸了韓常瑮好幾次，表示「事情還不會太晚」。

在那期間，若不是接到遇襲消息的春秋館毫不猶豫地吵著要快點進行節目，也許根本就不會召開記者會了。

「……雖然我也並不覺得後悔。」

畢竟以結論來說，還是成功揭發韓會長長期以來想欺騙皇室與連花宮的事實，所以也還算是值得慶幸……

韓常瑮鬱悶地摸著手機，雖然這是他這輩子第一次偶然擁有的電子產品，但也許是因為發生了不好的事情，讓他一點也感受不到開心的感覺。

什麼都沒下載的空手機裡，有的只是那天的那部影片而已。

韓常瑮不停搜尋著李鹿相關報導及照片，在發現已經沒有其他東西可看時，便播放起手機裡那段被錄下的影片。

李鹿指著那株生長於石砌壇縫隙間的四葉幸運草的手一遍又一遍地映入眼簾，而詢問著自己要不要跟他結婚的溫柔嗓音也一遍又一遍地環繞於耳邊。

韓常瑮靜靜地閉上眼，聽著喊著自己名字的溫柔聲音，就覺得他現在身處的不是冰冷的醫院走道，而是兩人一起待的連花宮。

一開始，只要每看一次影片就會流一次淚，但最近卻能夠開心地笑著欣賞，雖然韓會長出現的那個部分還是令人難以招架，也讓他總會在那個部分關掉影片。

「喂。」

「……是？」

因為忙著想李鹿而發出傻乎乎的回應聲。今天的負責內官直接露骨地表明對他的厭惡，很明顯地就像是在不滿自己居然得應付這種傻乎乎的人。

「鄭尙醞還沒來嗎？你沒有他的號碼嗎？」

「啊……不是……」

「算了。」

當韓常瑮一邊看著對方臉色，一邊準備起身時，他卻像是在要求別說話似地搖了搖手。

「我會問你真是白痴。」

雖然聲音很小，但那話很明顯就是故意要讓他聽見，韓常瑮害怕地又在階梯上坐下來。

鄭尚醞、申尚宮、金內官，其實手機裡所儲存的號碼剛好就只有這三個，不論是誰都好，要不要打給他們，問問他們什麼時候會來呢……不，還是不要去打擾那些本來就很忙的人好了。

韓常瑮用大拇指不停搓揉著無辜的螢幕，馬上停下動作，因為他們三個若是看到自己的名字顯示在螢幕上，似乎會因為擔心殿下是不是出了什麼事，而急忙趕過來。

鄭尚醞和申尚宮自事件爆發之後，幾乎都沒有睡覺，雖然這點金內官也是差不多的……但他們兩人因為主人在不可抗的因素之下暫離連花宮的關係，所以別說是處理宮中大小事了，就連與韓會長和趙東製藥有關的一切事物，都變成兩人目前在進行的工作。

特別是鄭尚醞最努力的就是從春秋館那取得正式的道歉，他每天都忙著鬧翻春秋館，要他們為沒有經過連花宮同意，就將韓常瑮往鏡頭前送的事情道歉。

「我以為您……以為您不太喜歡我……當然，我是真的很感謝您，但我真的沒事。」

「我對您的不順眼，還是跟往常差不多。」

「咦？那您為什麼要做到這種地步……」

「首先，我並不是那種因為自己心情不好，而不去做自己該做的事情的蠢蛋，再來，我會繼續持續要求春秋館要向我們道歉。該怎麼說呢……應該說這比較接近政治目的。」

「政治？」

「那些傢伙明明也知道李韓碩的事情，但至今為止不是一直保持沉默嗎？就是因為不想在之後被發現時要負起責任，才會把一切都推到您的身上。」

鄭尚醞被氣紅了臉，並且表示春秋館會那麼做，完全是因為看不起連花宮，若是不趁此機會壓制他們，他們以後一定會繼續把自己當作笨蛋。

「河內官，應該可以讓他進去吧？就算不是去殿下的病房，但應該可以讓他去附近吧……」

「咳咳，就說過不可以了。」

「反正那個人在旁邊的空病房裡吃喝拉撒睡，是整個宮裡的人都知道的事情，應該不會有什麼問題……」

「喂！」

剛才斥責自己的河內官朝著其他宮人大聲喝斥，也不知道他到底是用了多大的嗓音，搞得原本面無表情的侍衛們都嚇得顫抖了一下。

「事情是有規矩和程序的，你們又不是別人，如果宮人連這點規矩都不好好遵守那可怎麼辦？」

「可是……」

「啊，你以為我是因為把欺負人當作興趣，才會將那個人趕出來的嗎？他的身分又還不明確！身分！在全國人民面前說自己是怪人的可是他自己耶，我們還能做出什麼其他處置嗎？光是沒趕他出去就該覺得感謝了！」

韓常瞏不知該如何是好地猶豫著到底要不要起身，甚至還對那位因為替自己講話，而被罵了一頓的宮人感到抱歉。

也是，要是再繼續待在這裡，應該會造成大家的不便吧……那今天再稍微往下移動好了。

韓常瞏準備緩緩從位子上起身，在透過有如窗櫺的欄杆看見旋轉的階梯把手，就莫名地覺得喘不過氣而坐下來。

鎖上的鐵門另一端傳來了嘈雜煩人的聲響，聽說現在樓下全都被記者占領了……這是真的嗎？雖然不知道是不是真的，但的確是很有可能發生的事情，搞得他的內心充滿恐懼。

也許是樓下有人踹了鐵門，所以甚至還聽到的「哐」的聲響，雖然這不過是會讓侍衛們直接無視掉的微小聲響，但是……他卻因為那點程度的威脅而顫抖，有一種閃光燈閃個不停，不知形體為何的攻擊朝自己而來的錯覺。

韓常環鬱悶地瞥向病房，站得有如銅像的侍衛們將李鹿所待的那一層整個堵了起來。

原本這裡是沒有控管得這麼嚴密的，但自從幾天前韓常環被拍到在醫院哭鬧著要見殿下的照片之後，戒備就變得更加森嚴了。

不過好險的是，如果輪到連花宮的人或是交泰殿的宮人們當班，那不管他待在空病房的任何一處，都不會有人說什麼。

雖然除了等待殿下清醒之外，什麼事也做不了，但是令人開心的是，只要運氣好，就能在距離較遠的地方稍稍看見殿下的臉。但是像這樣由資善堂的人負責當班的時候，就會毫無例外地被趕到走廊盡頭這道冰冷冷的樓梯附近。

「喂。」

不久前還驕傲地無視韓常環的資善堂內官也不曉得是什麼原因，突然大步走向韓常環，難道是終於可以讓自己進去了？

韓常環帶著一點喜悅的心情，急急忙忙地站起來，結果那個……記得他叫河內官？總之，那個人用著一副不悅的臉俯視著自己。

「啊，我……我有鄭尙醞的號碼……要打給他嗎？」

因為記得對方不久前所問的問題，因此輕柔地提出了這個疑問，但河內官卻一臉像是感到無言似地用鼻子噴氣。

「天啊，難道你以為我是因為不知道該怎麼聯絡他，才會問你的嗎？你也真是有夠不會察言觀色耶……你剛剛沒聽到我說的話嗎？」

「啊……」

韓常環原本又習慣性地準備道歉，最後卻緊緊地咬住雙唇，雖然沒有人要他這樣，但是在看完那些網路新聞後，身體就不自覺地變得小心翼翼。

畢竟他不知道自己的道歉，什麼時候又會被記者拿去大作文章，而自己沒頭沒腦的道歉，可能會為連花宮的人帶來麻煩。

「總之，你應該沒有收到要你馬上出宮的命令吧？」

「咦？啊……是那樣沒錯……」

「那不論是鄭尙醞或是誰都好，去跟他們說，讓你待在連花宮應該比較好吧？為什麼要每天待在這裡，搞得大家這麼不便？」

「這、這……」

「仔細想想，連花宮的人也真是可笑，如果沒辦法讓人來這裡顧你的話，他們就應該自己想辦法把你帶在身邊啊，現在到底是叫誰照顧誰啊……」

「是、是我自己說要待在這的，而且大家都很忙碌……」

「啊！所以，你的意思是只有連花宮的人有事要忙？」

那句聲響大到走廊響起了回音，韓常環尷尬地低下頭，害怕地不停摸著手機，果然……還是連絡金內官看看吧……雖然想必他現在一定也很忙……

「來路不明的傢伙，還妄想著要舉行國婚……」

「河內官大人！」

資善堂的宮人嚇了一跳，並緊緊抓住河內官的衣角，那氣勢彷彿就像是在說萬一本人的階級比河內官再稍微高一點，他抓的就不會是手臂，而會直接打向河內官的嘴巴。

「這也不是我不能說的話，幹麼如此激動？而且這話也是真的啊，光是韓會長目前被關，他就喪失資格了，他甚至還不是韓會長的親生兒子……還有啊，說的好聽是實驗，但那幾乎可說是……」

「河內官，會被其他人聽見！」

「不是聽說給殿下注射的藥，也是那傢伙每天服用的藥嗎？」

韓常環不自覺地緊緊揪住胸口，也許是因為沒好好吃飯、睡覺的關係，甚至還能聽見變得脆弱的指甲斷掉的聲音。

韓常環的視線一直不自覺地向地板看去，每當他人提到這個話題時，身體與內心便會不自覺的變得瑟縮。

看著韓常環不停搓揉衣服的模樣，河內官的冷嘲熱諷也接二連三地傾瀉而出。

「他應該自己把那藥給吃掉才對啊，在這裡給人添什麼麻煩啊？」

韓常璟好想為自己辯解。畢竟對方說的話語中，也有不是事實的部分，讓殿下會昏倒的……那個藥，從沒在自己身上進行過實驗，但是現在這種事情有什麼重要的？

韓常璟就連在這種難堪裡都失去反抗的意識，早知道當初收到那瓶藥的時候，就不要猶豫，馬上喝光它了……

每當在快要入睡之前、眼睛睜開後，以及閱讀完令人心煩意悶的新聞和留言，內心深處就一直有這種想法。

如果因為他的死、因為他的消失，而讓一切得以結束的話，那現在情況會是如何？這樣的話……也許他就能成為一則平凡的童話故事，故事也許能被包裝得更漂亮、更美好，結果卻因為他那傻瓜般的猶豫、因為想要多在他身邊待久一點，才會落得讓李鹿受傷的這種下場。

「總之，要耍賴就去找連花宮的人耍賴，我是個不接受例外的人，所以就請你去我看不到的地方吧。」

「誰准你這麼做的？」

本打算要說對不起、以後絕對不會再妨礙您了……

卻從遠處聽見有如幻聽的聲音。原本像是枯萎的向日葵，垂頭喪氣的韓常璟馬上抬起頭。

剛才那是？

「有什麼好看的？就叫你滾去我看不見的地方了。」

「那個……抱歉……內官大人，您剛才有聽見什麼聲音……」

剛才分明聽見殿下的聲音啊？

「喂，少耍花樣了！」

「內官大人，等一下……請等一下，剛才明明……」

韓常環焦急地探出頭後四處尋找，剛才明明就聽見殿下喊了自己的名字……

「啊，你還不走？」

河內官現在連禮貌都不顧，直接發起脾氣。

「我看你這個模樣也是故意的吧？你也是用這種方式勾引殿下的？像這樣裝得一副可憐的樣子去勾引殿下。」

「很抱歉，但不懂禮法的似乎是河內官吧？」

瞇著眼指責著韓常環的河內官，此刻才驚慌地往後看。

「殿、殿下？」

也許是因為殿下本來就很高大，儘管他站在侍衛們的縫隙之間，也能看到他那特別突出的頭頂。

啊……韓常環踮起腳尖，探頭看了看，布滿走廊的侍衛們就像是潮水一樣被劃開，而他一直無限思念的那張帥氣的臉，也慢慢顯露出來。

披在李鹿赤裸上身的病人服在他每走一步路的同時，便輕輕地飄揚著。儘管在這既沉悶又冰冷的醫院裡，經歷了如死亡一般的沉睡後再醒過來，李皇子殿下仍像是劇組花盡心思拍攝出來的某個電影場面一樣，散發著美麗的光芒。

「若依照河內官的說法，韓常環是我的訂婚對象，依照禮法來說，就是你得盡心盡力服侍的客人，不是嗎？」

「可、可是……」

「還有，資善堂的人為什麼會在這裡？侍衛也全是一群我沒看過的臉孔。」

「因為……資善堂也對於這次的事件感受到很強烈的責任……」

「啊，責任？」

李鹿直接打斷河內官的話。

「是啊，我憑什麼相信你們這些連一個人在景福宮被襲擊甚至被綁架，卻都不知道的人，甚至還將我的安危交給你們？」

「殿、殿下，這是……」

「如果人力不足的話，我會從交泰殿那裡借人過來，所以我希望資善堂可以收手有關我的事情。」

「但是太子殿下……」

也許是因為目前還不方便行動的關係，李鹿慢慢地彎下身體，同時和河內官對上眼，未經梳理的頭髮就像是垂柳似的，輕輕遮住帥氣的眼角。

「去轉達兄長。」

不久前河內官還趾高氣揚地責罵著韓常璟，但現在的他卻像是一隻縮頭烏龜，不停地緩緩向後退。

也許是因為長時間失去意識的關係，李鹿不帶血色的慘白臉蛋和乾燥到發白的雙唇，也為現場陰森的氣氛做出一份貢獻。

「叫他在被奪走現在唯一擁有的那個位子之前……給我好好表現。」

雖然這是句非常小聲的嘀咕，卻讓站在這裡的所有人都聽得一清二楚。

在李鹿這句帶有奪走太子之位的話語之後，他不給任何作出反應的機會，便冰冷地對河內官下達逐客令。

「真是有夠不會察言觀色，聽不懂我叫你滾嗎？」

當李鹿將河內官先前斥責韓常璟的內容奉還回去，其他宮人便將嚇傻的河內官拖離現場，包含侍衛在內的資善堂人員也快速地經過韓常環身邊。

韓常環想，他們該不會是想從這裡一路走樓梯走到一樓吧？轟隆隆的腳步移動聲就這樣持續了好一陣子。

「你好像比我還好奇那些人要去哪裡耶。」

韓常環呆望著那好如退潮般退下的人群，他的肩膀像是被雷擊似地小小地顫抖了一下。

「那個……殿下，我……」

「不知道是不是因為之前每天見面，但前陣子都見不到的關係……有種好久不見的感覺。」

李鹿大步地走向韓常環坐著的樓梯，而韓常環則是艱困地扶著欄杆站起來。

雖然雙腿無力而差點跌倒，好險多虧了快速靠過來的李鹿抓住他，才得以免除尷尬的場面。

而在韓常環糊里糊塗地扶住李鹿帶傷的手臂時，心中才有了真實感。

站在他的眼前的人真的是李鹿，而且李鹿還因為韓會長的關係變成這副模樣。

「你的臉是怎麼回事？我看到節目的時候真的嚇到了。」

韓常環好不容易才忍住因李鹿溫柔嗓音而想哭的欲望。就如他所說的，自己現在的樣貌真的是慘不忍睹，要是還哭的話，那看起來一定會更加沒出息吧？

韓常瑮伸出手，並扣好李鹿大致穿上的病人服。

雖然因為李鹿赤裸的身體上打了石膏，鈕釦也無法完美地扣上……但是……儘管知道沒有任何自己可以做的事，還是想為他做點什麼。

「你沒有什麼話要對我說嗎？」

李鹿悠閒地享受著韓常瑮那在自己身上游移的手，他突然看向韓常瑮。

「真奇怪，應該要有才對啊……」

雖然那疑問的嗓音最後還分了岔，但看起來似乎沒有那麼痛。

「但是殿下，您如果現在拿掉點滴的話……」

「哎，現在重要的又不是這個。」

李鹿開玩笑地推了推韓常瑮。

「還有，我就算被襲擊一百次，應該也會比你健康吧？」

「殿下……」

「總之，這些就等之後再說，韓常瑮，你不是有話想對我說嗎？」

想說的話？想說的話很多耶……該從哪個部分開始說起呢？

韓常瑮靜靜地望著李鹿那深黑色的眼珠裡所映照出的自己，那是一張閉上眼睛，也會很清楚地浮現在腦海裡的臉。

其實兩個人也沒有分開這麼久，李鹿被發現失去意識到現在……大概過了三天吧？現在卻能和殿下如此靠近，真是一件無法置信的事。

「嗯……那就從我先開始說好了？我有很多問題想要問你，首先，就先從你沒有與我協商，就舉行記者會這件事開始好了……」

「啊……這、這……」

李鹿一句「但是」打斷了韓常璟的話。

「但是那種事情就之後再想，我要先聽聽當初那個被你蒙混帶過的答覆。」

「咦？」

「我之前說過啦，跟我結婚吧！」

「……啊。」

「你現在可不能再想著交往一段時間後就要結束一切喔，你已經在全國人民面前與我訂下婚約。既然你都已經這麼說了，那就要負責囉。」

「殿下……」

李鹿舉起完好無缺的那隻手，將韓常璟攬進懷裡。

雖然因為身體不便的關係，讓李鹿的動作看起來有點奇怪，但是抱住纖細身軀的感觸與平常並沒有太大的差異。

李鹿將頭埋入韓常瓔的後頸，高大的身軀也顫動了起來，就像是想確認手上感受到的這個體溫、與自己相觸的這個肌膚究竟是不是真的。

「我現在已經放棄了，以後不論你要說什麼謊都無所謂，快點答應和我一起生活。」

「殿、下……」

「以後不論你說什麼謊，我會努力讓那些謊言變成真的。」

李鹿笑著搖了搖打上石膏的手。

「所以你只要像平常一樣，點頭就好了。」

「好，我再問你一次，你這次可不能再逃了。」

「殿……下。」

「韓常瓔，你……你要跟我結婚嗎？」

李鹿的大手抬起韓常瓔的下巴，輕輕地上下擺動著，像是要讓他跟著點頭似的。

「好，現在可不能反悔喔！也不可以說什麼要做愛可以，但結婚就請找其他人，也不可以說什麼以後要自己去死，懂了嗎？」

儘管李鹿的手已經收了回去，但嘴裡的嘀咕仍持續進行著。

而韓常瓔那習慣似地不停反覆的點頭動作，也不知不覺地加深力道，渾圓的淚珠也順著下定決心而顫抖的身體落了下來。

「要是因為這點事就感動的話，之後要怎麼辦？我準備了一堆東西耶。」

自己到底算哪根蔥，讓您做到這種地步？大家都在對我批評謾罵啊，您某天一定會後悔的……李鹿不想聽到的那些話語，老是想試圖衝破喉嚨，脫口而出。

但是……

儘管如此。

從現在起，是不是能過得稍微幸福一點了？韓常環的心因為這不懂事的期待感而躁動了起來。

在臣服於這份高貴又過度的愛情同時，韓常環這輩子從沒有過的欲望也在心中燃燒起來。

他收起了那既幼稚又沒出息的想法，內心深處既渺小又狼狽的純真便小心翼翼地染紅臉頰。

韓常環能給李鹿的就只有這個……如果這點小小的心意也可以的話，那當然很願意和他一起無視那些痛苦，一起走上荊棘之路。

「……殿下。」

「嗯。」

「……我愛您。」

韓常璟忍了又忍，最終仍脫口而出的這句話，這句我愛你……

在韓常璟突然的告白之下，李鹿既清爽又高雅的笑聲響徹整個寂靜的醫院走道。

「再說一次。」

「我愛您……」

「還有呢？」

「咦？可、可是……」

「啊，你可知道我等多久了？在我失去意識前的那一刻為止，我都一直只想著你，想著要聽到你對於求婚的答覆，不然你又會逃走……」

李鹿就像是在蓋章一樣，調皮的吻不停地落下。

「快點。」

「我……我愛您，殿下。」

「嗯……我也是，我也愛你，很愛很愛你。」

韓常璟想起這些日子以來看過的童話故事，在那鐵櫃般的實驗室裡看到快爛掉的那些童話故事，很可惜的是在畫下句點後，就無從得知後續的發展。

畢竟沒有人能告訴我們，在最後那句過著長久幸福快樂的生活後，所省略的那些漫長歲月是什麼樣子的。

出現在試題上的各種經典故事也一樣，到底是怎麼跟王子殿下一起過著幸福生活的呢？

所以，這個將自己緊抱在懷裡的王子殿下……呃，皇子殿下的未來真的好難想像。

「很神奇吧？」

「咦？」

「明明什麼事都沒解決……卻莫名有種一切事情都好轉的感覺。」

李鹿就像是讀懂自己的心，突然又說起求婚的感想。

「只要跟你在一起，就會有一種一切問題都不是問題的想法……不，應該說是一種確信。」

韓常瑮默默地點了點頭。

然後也突然明白為什麼童話故事中，總會把後續的故事簡略成短短的幾句話了，因為之後的故事發展非常明顯，主角們就算在日後遇到任何困難，但只要一回想起彼此心靈相通的瞬間，一切就會變得不是問題。

就因為這份能勝過一切的愛。

「……殿下。」

「嗯？」

相觸的溫柔雙唇輕柔地沿著弧線向上，韓常瑮決定蓋上自己腦海中翻閱無數次的童話故事。

在這位緊抱住自己的男人面前，一切試煉都變得毫無意義，他是面對毒藥也仍不退縮的羅密歐，是願意親吻自己滿是塵土的雙腳的王子殿下，再也不需要看著其他故事並感到哀切，所以……

「我愛您，很愛很愛您。」

韓常瑮最後決定鼓起勇氣，擁抱這過去從不認為自己能夠擁有的燦爛愛情。

——《柳樹浪漫04完》

Whispers Through the Willows

外傳一

一步

「就這麼開心？」

眼下陰影變得更深的鄭尚醞問道，不過這與其說是問題，不如說更像是指責。

「嗯，超開心。」

「是是是，想必是理所當然的吧！」

「要不要也給你一個？啊，不，不行，抱歉啦。」

「我也不怎麼想要……」

「什麼？為什麼不要？小瑮超可愛的耶！」

也不管鄭尚醞是否感到無言，李鹿將身體深埋進座椅後，便忙著觀察手裡緊握的東西。

「這甚至還是限量版的呢。」

小心翼翼地放在旁邊座位的大型購物袋外頭，國立中央博物館的標誌被光照得閃閃發光。

五禮之中最重要的嘉禮就在幾個月後，雖然到時也會順便舉辦李鹿的親王冊封儀式。但是面對婚禮……而且還是與韓常瑮之間的婚禮就在眼前，讓李鹿根本就對什麼冊封儀式不感一絲興趣……

總之，儘管李鹿忙得不可開交，還是一大早就前往國中博的理由就是因為這個，因為今天就是這場受人議論紛紛的婚姻紀念商品上市日。

「這也太誇張了吧……一大早就跑來首爾……而且還不告知一聲就突然跑來，國中博的員工們該有多驚恐。」

「嗯，雖然這點的確是對他們感到滿抱歉……但我又不是靠什麼特殊方法買到這些商品的。」

李鹿也沒有吵著要他們趕快開門，也沒有使眼色要他們把那些展示品免費交出來，只不過是安安靜靜地排隊排到他們開門，然後迅速地買了一堆商品罷了。

而且還李鹿怕別人罵說李皇子把東西全買走了，所以每一樣都只拿五個啊……這有什麼不妥的嗎？

「您沒看到儘管上班時間還沒到，館長就嚇得跑來的樣子嗎？不是啊，您要買東西是很好啦，但有必要硬是要當第一個，然後一大清早地在那裡等，一看就是固執得不得了的人。」

「那是因為……我想當第一個買到的人啊。」

「您待在辦公室也能全部拿到啊，何必如此大費周章？」

李鹿嗤之以鼻地說了一聲「真是的」。

「尚醞，我看你是不懂呢，這種東西就是要親自排隊購買才對味。」

「啊啊，是……但是為什麼同樣的東西要重複買這麼多個？」

「因為要拿來以防萬一啊。」

「以防萬一……以防什麼萬一？」

「像是弄丟或是損壞啊，然後一個我要帶在身上，一個要裝飾在辦公室之類的地方，剩下的就保管起來好好供著，這種東西本來就都會多買幾個的。」

「……微臣還真沒想到，原來我們連花宮的生活水準就是因為這樣才變得這麼好的，看來那些收集殿下商品的人們，也都是這樣一次就買好幾個吧？」

鄭尚醞搖搖頭表示，因為李鹿當初一副像是在打背水一戰的將軍一樣，悲壯地反駁自己，他還以為有什麼深奧的理由呢。

「不懂就算了。」

這是初次上市的韓常瑮商品，而且還是限量版，怎麼可以把它們交給他人？

李鹿珍惜到連塑膠袋都沒拆，就這樣一直仔細觀察著韓常瑮的相片卡。韓常瑮穿的是被人們稱為皇室三套組的大禮服、小禮服以及正式服裝，也許是因為非常緊張的關係，眼睛睜得圓圓的、臉部僵硬的表情真是可愛死了。

雖然鄭尚醞驚訝地詢問「韓常瑮的表情全都看起來很相似，這組照片是不是只合成衣服就完成了？」，但是他說的並不對，在李鹿眼裡那一點點的細節都不一樣，這張照片的眼型稍微更加彎曲，而在拍這張照片的時候，也許是因為逐漸放鬆的關係，所以嘴角看起來比較自在……

這真是一件神奇的事，衣服明明就是依照韓常瑮的尺寸訂做的，但為什麼真的穿上去後，又會覺得莫名地大呢？他的肩膀看起來也顯得更圓、衣袖感覺也更長……

當李鹿一用手指戳著韓常璟在照片中的雪白臉蛋時，身旁的鄭尙醞便小聲斥責：「殿下，您這種行為也是一種病。」

「還有，雖然知道您這次為什麼會親自前去購買……但以後那些常規販售的商品，請您在蓮花宮裡收就好。」

「什麼？可是……」

「就算您什麼也不做，只是這樣靜靜地待著，難道底下人就不會感到不自在嗎？我自己也在服侍權貴之人，非常清楚他們的心情。」

當鄭尙醞斥責李鹿，表示不管再怎麼說，李鹿是李皇子，而那些人只不過是公務員，他們怎麼可能敢說出自己的不滿後，李鹿便帶著不開心的表情癟了癟嘴。

「呼……不過好險的是，大家的反應似乎有點不錯。」

「反應？什麼反應？」

「好像已經有新聞報導出來了，說殿下掃光了商品。」

「我看看。」

馬上就要成為親王，而不是皇子了，難道他就這麼閒嗎？根本是在作秀！真是的，一大早就十分可憐的員工們……

嗯，雖然也是有這種惡評存在，但這種程度的批評還算在預想的範圍之內。就如鄭尙醞所說的，整體的氛圍還算是正向的，因為他那張帥氣的臉為了珍藏相片卡而變得狼狽的樣子，在人們眼裡看起來相當真摯。

「沒有負面言論嗎？我是說小瑮的。」

「目前還沒有，大部分的人都說他的照片拍得很可愛，雖然也有人懷疑他現在要結婚是不是太年幼，但也不到需要再繼續追究的程度，您應該可以直接忽視。」

「真是太好了。」

「是，因為報導出來也還沒多久，詩經院和春秋館也持續在監控，如果後續有任何需要讓您知道的部分，我會馬上向您報告的。」

「不過最近罵小瑮的言論應該還是有稍微減少吧？」

「有減少一點，這陣子他因為許多不像樣的言論而遭受不少謾罵，現在應該也差不多到緩和時間了吧。」

雖然李鹿的確是第一個將韓常瑮的相片卡入手的人，但李鹿仍是一名清楚自己的地位與職責的人。

就如鄭尙醞所說的，即便對那些因為他的一句話，而從一大早開始就忙得不可開交的國中博員工們感到抱歉，但其實他也知道他其實不該那麼做。

如果真的對因為跟他結婚，而一舉手一投足都得受人監視的韓常環感到抱歉的話，的確要避開會引人耳目的事情，畢竟若是他登上新聞版面，韓常環當然也會跟著出現在新聞版面上。

但是如果越是將他對於韓常環的愛表現得越明顯，儘管只有一點，似乎也能為他帶來力量，所以李鹿現在才會四處撒糖。

這份愛就是武器，完全沒有隱藏的理由。

李鹿被韓會長刺的傷口，癒合的速度快到讓醫療團隊為之震驚，雖然本來就知道Alpha的身體比普通人的身體還要強健、恢復力也更好，但因為李鹿過去都沒有受傷的機會，所以眾人過去對於這樣的特點也沒有什麼特別感受。

而之後……便是一場戰爭，將韓常環藏在連花宮後，連花宮的大家就忙於抵擋人們如暴力般的言論。

趙東製藥的經營繼承或是資產處理卻意外地一點也不複雜，儘管李鹿什麼都不做，那些牽扯到利害關係的人們就會自動延續戰爭，而李鹿只需要把該給的錢交給律師團就行了。

但是，人們的嘴巴……也不知道是不是想將韓常環逼上死路，每天如雨後春筍般傾瀉而出的負面評論，那是用李皇子的權威或資產之類的東西無法解決的部分。

記得也因為這樣，之前李鹿曾不管三七二十一地將韓常環帶出宮，儘管表面上開心地笑著，但他很清楚地知道韓常瑮因為自己遭受到考驗，每天都哭溼了枕頭。

所以某天，李鹿牽起連廂房外都不想踏出的韓常瑮走出連花宮，一起出門，搭上地鐵和公車，就像是從外地來觀光的人一樣，在平壤市區闊步而行。身上穿著的不是繡有木槿花的章服或套裝，而是牛仔褲加上針織衫，並戴上活潑的棒球帽。

當時的確也有人認出長相而對他們兩人竊竊私語，雖然知道因為蜂擁而至的人潮，會讓侍衛們忙得不可開交，但那天就是想表現得自私一點，畢竟與他人的安危相比，韓常瑮的笑臉才是更重要的。

他們牽著手一起猶豫地走去公車站，好不容易找到了搭車的地方，卻因為搭到了反方向，而在一個意想不到的地方下車……

還靠著手機地圖尋找聽說最近相當有名的咖啡店，緊緊牽著手，在大公園的入口買甜到有害健康的棉花糖，還拍了切成四格的照片。

一開始韓常瑮還滿是恐懼，之後他也慢慢地卸下肩膀的緊張，就這樣漫無目的朝著緩緩落下的夕陽走著，在看到遠處的巨大摩天輪後，也許是因為感到神奇，他便回頭笑著喊了一聲「殿下」。

他當時的表情……可以確定的是，韓常瑮那天的笑容，是自己一輩子都絕對忘不掉的畫面。

而且神奇的是，自那天之後，大眾對於兩人的輿論便稍稍好轉，也許是實際見過韓常瑮的人們的說詞以及親自拍下的照片，為那些人帶來了一些罪惡感吧？看著那些人臉色的韓常瑮實在是長得太稚嫩，而且真要說起來，他也沒做錯任何事，卻像是個犯下死罪的孩子一樣悶悶不樂……儘管如此，之後又因為一點小小的事情而露出無比幸福的笑容。

當時的李鹿終於明白，反正無法躲過在他人眼力被快刀斬亂麻的人生，那就盡量讓事情往對自己有利的方向發展吧。

在那之後，不論別人說了什麼，李鹿只要一有時間，就會和韓常瑮一同外出，在他為了準備正式的嘉禮而移居到太平館之前為止，哪怕只是一個小時，一個禮拜也會有一次的約會時間。

當然，這其中也包含想彌補韓常瑮過去二十年來無法享受的生活，想讓對於覺得他人理所當然會無視自己、討厭自己的他知道，還是有人很喜歡你、為你加油打氣著。

還有，撇開這一切精打細算過的部分……李鹿自己也覺得很開心，在不必看人臉色，能隨自己的意思表現愛意時，就會有種能忘掉包覆在自己身上的一切重擔，成為一個平凡的二十四歲男人的感覺。

也因為這樣，九點的新聞每天都會出現李鹿與韓常瑮的名字，而且也不知道是從什麼時候開始，比起被關在拘留所的韓會長或趙東製藥的人的官司相關消息，報導兩人日常的次數也開始逐漸變多。

「我現在還是搞不懂，皇室成員在和那些大名鼎鼎的世家結婚時，不論是特權的繼承還是什麼的，大家都會指指點點的，但是現在一說要跟自己喜歡的人交往，大家又會覺得不滿意……到底是要我怎樣？」

「雖然很令人惋惜……但本來皇室一有新成員，就會經歷一陣子的磨難，皇后也經歷過，太子妃也經歷過……不是原本都是這樣的嗎？」

「但還是要有個限度吧？他們根本就在寫小說了。」

當然，人們關注的方向也不過是流向別處，但是對韓常環嚼舌根的人依然很多，其他人入宮的時候，輿論也如此殘忍嗎？

從政治的觀點來看韓常環的事情，的確是難以說明……該怎麼說呢？能感受到那些讓人認真思考起人的本性究竟為何的群眾所擁有的殘忍和固執。

當然，其實人們的竊竊私語也不是無法理解，趙東製藥所闖出來的醜事為所有人都帶來了衝擊，儘管檢察官所公開的內容，根本不及韓常環所經歷的百分之一，卻足以讓整個國家翻天覆地。

就連李鹿也是，到現在只要想起那些事，憤怒就會湧上心頭，若這問題被人遺忘反倒才奇怪。

而李鹿其實也並不是想到處封住人口，至今為止都沒受過正規教育的人作為李皇子的配偶，到底能履行什麼公務的這種憂慮……

是啊，這種程度的酸言酸語是是可以接受的，雖然不是爽快接受，但李鹿也能理解人們會說出這種意見的理由。

讓李鹿感到煩躁的原因是眾人指責的矛頭並不是朝向加害人韓會長，而是朝向韓常環候。不過那些依據事實來指責韓常環的人倒是沒關係，只是有很多時候，外頭流傳的，都是人們以猜測編造出來，好似小說的虛假內容。

在現今的網路世代，那些留下垃圾留言的混帳們只會說那都是心情問題，說韓常環的可憐過去和國婚是兩碼子事、討厭看到來路不明的人進入皇室，過著吃好睡好的生活、連經歷過什麼事情都不知道的骯髒傢伙，怎能在史書上留下紀錄……盡是些毫無邏輯可言的理由。

也因此韓常環每天被人四處撻伐，全部都只是因為惹那些人不高興，就連試圖謀殺皇族的韓會長，也沒聽人們對他罵過如此難聽的言論。

更重要的是，李鹿總是因為明知道那些事實，卻一直說著沒關係的韓常環而感到受傷。

表示那些言論並沒有比自己做好的覺悟還要殘酷，笑著表示自己可以挺過的韓常環是如此的乖巧，讓李鹿就算想生氣也無法生氣……只能看著那張清秀的睡臉，然後煩悶地轉身摀胸。

不過不久前還是決定進行一場無法輕易帶過的毀謗訴訟，原本因為長久以來受盡折磨的關係，所以比預想中更輕易地抓到加害人……但是，那群傢伙在警局所說的話實在是令人感到啞口無言。

說自己與李皇子殿下不同，家庭狀況很困難，就因一次的失誤毀了一個正在準備就業的人的人生，不會太殘忍嗎？

而且說真的，以這種情況而言，確實是有可能會讓人朝韓常瑮與韓會長是那種關係的方向作猜測。

聽到那種話，實在是令人生氣到不自覺地流了淚，用那種不經大腦的話語把人搞得心煩意亂，那也叫失誤？還有什麼叫做不要讓別人的人生陷入泥沼？

而且，就連那種時候，韓常瑮也只默默地笑著，用那好似小雞的袖口，緊緊地按壓泛紅的眼角，然後表示沒關係，這點程度根本不算什麼。

李鹿每次聽到那種話，苦澀的心就會瞬間崩潰，說不算什麼的韓常瑮說的確實是真心話，與過去那些在實驗室裡聽過的殘忍話語相比，這應該真的不算什麼吧？

當時韓常瑮是怎麼安慰自己的？他說只要能不跟殿下分開就夠了，說他的過去是那副德性，怎麼可能不招來他人的閒言閒語，這讓李鹿不自覺地嘖了幾聲。

真希望韓常瑮可以再貪心一點，明明也有一個選項是可以只聽好話，並和自己過上幸福生活的選擇，希望他不要認為因為能跟自己在一起後，就理所當然地得放棄其他一切事物……

「殿下，已經到了。」

「啊……喔喔。」

李鹿將不停撫摸的相片卡小心翼翼地放入購物袋，並整頓好身上披著的夾克，現在韓常瑮的狀態必須看起來比任何時候都還要好才行，畢竟今天是要懲罰奪走韓常瑮二十年人生的壞人的日子。

「事情發生之後是第一次見面呢，您最近過得好嗎？」

儘管李鹿親切得會讓人以為兩人是每天見面的關係，韓會長仍一語不發，而他的表情也當然不是對一切都已死心，但也不是像在資善堂那樣，充滿狂氣、張牙舞爪的樣子。

若是硬要說的話……嗯，他的臉就像是當初在成永堂抓著李韓碩的頭瘋狂亂敲的時候。

「您應該也知道，馬上就要進行公審了。」

韓會長點頭表示自己也聽說了。

「所以……您只是為了告訴我這種消息，而特意來到這裡的嗎？我已經都透過律師聽到了……」

韓會長推著桌上的杯子，並露出陰險的微笑。

「話說獄警們似乎都因為您的來訪而做了不少努力，但很抱歉的是，即溶咖啡一點都不合我的胃口。」

韓會長似乎是意識到李鹿盯著被推開的杯子的視線，於是便假裝謙遜地回話。

「我怎麼可能會是為了通知公審而來？我也是一名懂得珍惜時間的人好嗎？」

「我也想是，正在準備嘉禮的忙碌之人……」

「是啊，我聽說律師們很常進出這裡。」

「對啊，畢竟光是正在打的官司就有好幾個。」

就如韓會長所說的，不僅是刑事訴訟，同時也有好幾個民事訴訟正在進行中，光是與趙東製藥事件有關的印花稅金額，就是刑曹好幾年的預算。

而趙東製藥的家族成員們也因為若是坐視不管這些訴訟，公司就真的會被奪走的緣故，都很努力在處理訴訟的事。

包含韓元碩在內的其他子嗣，在得知韓常瓌並非韓會長的親生兒子後，就站出來表示無法承認一切有關贈與的相關事務。

事情揭曉後才發現，趙東製藥裡除了韓會長以外，擁有最多股份的就是韓常瑮，若包含以韓常瑮名義所持有的動產等其他財產，其實不只是趙東製藥，那些數量是足以動搖趙東製藥旗下的子公司。

在這種情況下，韓常瑮的身後有著李鹿，而韓常瑮也會突然成為皇室和李皇子源源不絕的資金來源，不過包含韓元碩在內的子嗣們所做的一切，只是讓人覺得煩躁且累人罷了，其實並沒有造成太大的憂慮。

反正這其中也沒有任何對韓常瑮不利的事情，不可能會因為並非親生兒子這個理由，而在贈與或繼承上出什麼問題，沒有必要翻閱現有的無數判例，來順從趙東製藥。

所以，面對這各式各樣的訴訟，其實只要耐心地等待就行了。當然，李鹿也不是沒時間，更不是因為沒有錢，這樣不停拖延時間讓他們感到痛苦，反而才是李鹿所期望的。

但問題是……韓會長的公審，他預期就算不是無期徒刑，應該也能被判處相當程度的判決。

說真的，就算李鹿現在在這裡就直接拿刀捅他，心裡的憤怒也無法得以緩解，但李鹿認為至少要讓他受到社會的排斥才行，也相信這麼做才是對的。

但是……令人訝異的是，除了李鹿之外的多數人，都希望與實驗體相關的問題可以被安靜解決，他們表示如果將韓會長犯下的事情鬧大，那麼那些在不知情的狀況下，擔任新藥計畫審查的人員，以及其他投資公司全都會被牽扯進去。

也因此李鹿每天都能感受到他們的眼色。

但其實也是可以直接忽視那些人，只要堅持怎麼能如此放過一個有殺害皇族嫌疑的人就行了。

但是……從不久前開始，媒體也開始拿一些根本就沒罪的普通人開刀，也就是那些服用過趙東製藥出產的抑制劑、真的什麼都不知道的特殊體質擁有者。

你知道自己現在所吃的那個藥、全國人民使用的檢測工具，是經過什麼殘忍的代價所製造出來的？以這種煽動方式，將內疚感和罪惡感深植人心，最終就能成功將人們的視線從這個話題上轉移開來。

再加上因為特殊體質檢測工具不僅僅只有韓國在使用，而是全亞洲都在使用的關係，所以各國也開始施加壓力，表示萬一必需物品的供應出了問題，就會要求龐大的賠償。

就如韓會長所言，有負責包辦一切的律師團在，所以他也早已聽說這些情況。

不管李鹿的意願為何，趙東製藥是絕對不能垮臺的、儘管第一次的求刑稍微重了點，但只要繳交保釋金就能出獄……還有，如果想早日解決韓常璟身上的醜聞，李鹿最終還是要用自己的手讓這起事件平息下來。

「您也知道，我現在二十四小時忙於公務和嘉禮的準備，所以我就直接說結論了，各國將對趙東製藥的分公司提起訴訟。」

「哈哈，殿下，這是不可能的。」

「怎麼會？你們在開發藥物時根本就沒有表示這項開發是否符合倫理，最近就連不公開是否進行動物實驗，就會有人不停以情報未公開為由進行訴訟了。您不覺得各國是不可能就此放過這個好機會的嗎？雖然現在僅是威脅產品的供應必須不間斷，但那些人也是有頭腦的。」

「這……這是……什麼意思？」

「我本以為您很清楚，趙東製藥必須放下特殊體質檢測工具和藥物相關的一切專利權，事情才會圓滿結束。」

李鹿一提到專利權，這才讓淡定的韓會長挑了挑眉毛，展現出自己的不滿。

「我沒搞錯吧，現在說著這種誘導放棄國家利益言論的人，不是別人，而是李皇子殿下？」

「不顧出處為何，只顧賺錢，就是您所謂的國家利益嗎？我看您似乎誤會大了呢。」

「那麼那隻臭……呃，我是說韓常瑮呢？」

「請別用那張嘴喊他的名字。」

「我有說錯嗎？如果把事情鬧得那麼大，最終痛苦的會是韓常瑮，當初只有少數幾個人知道的醜聞，現在可說是傳遍了全國……不，現在應該說是全世界，他真能承受得了？就憑那個如臭蟲般的東西？」

李鹿忍住本想反射性回嘴的話語，醜聞？媽的，放肆的人是誰，為什麼一直想把無辜的韓常璟拖下水？

「……那不是韓會長需要在意的部分。」

韓會長不放過於心靈深處長嘆的李鹿，笑著嘲諷李鹿的不悅。

「我很了解韓常璟。」

韓會長聳了聳肩，表示這二十年間，不就是自己撫養韓常璟長大的嗎？

「他是一名若我說如果不想造成殿下的麻煩就馬上服毒自殺，就會毫不懷疑地乖乖照做的人。您知道他入宮後最害怕的是什麼嗎？那就是怕他回到韓家後，我會讓他性招待那些反對李皇子殿下的人，聽說他每天光是擔心，就怕得睡不著覺。」

李鹿只是靜靜地笑著，緊握著藏在桌下的拳頭，像是平時履行公務時，將嘴角保持在上揚的位置，而他這麼做其實是故意的，因為若在這裡忍不住回話，那就會如韓會長所願地任其擺布，所以……必須要忍住。

「帶著那樣的醜聞，一輩子生活在殿下身邊……您認為那膽小鬼有辦法承受得了嗎？我還真不曉得您為什麼一直想把事情搞大，您不是真心愛他的嗎？」

「趙東製藥……」

……雖然知道必須忍耐，但李鹿終究還是因為忍不住而打斷韓會長的話。

他努力平息因怒火而顫抖的氣息，從那傢伙的口裡聽到什麼愛不愛的，就讓人完全無法忍耐了。

「我會處理所有趙東製藥給韓常瑮的資產，而且還會以韓常瑮的名字建立後援財團，而目的就是幫助國內外的特殊體質擁有者。」

既然他們是眼裡只有錢的人，李鹿打從一開始就打算將那些資產全部奪走，並歸還給韓常瑮。

但是身為當事人的韓常瑮卻拚命拒絕這個想法，儘管他面露尷尬，也是還是很明確地表達出他的不願意。

他認為，每天讓殿下如此傷心的錢對他來說一點意義都沒有。更重要的是，因為知道那些龐大資產是怎麼來的，所以根本就不想要。

這種人神共憤的事件當事人都說出這種話了，那就如韓常瑮所說的，若是硬將那骯髒的錢握在自己手裡，似乎不是好辦法，所以……

「現在在那邊說三道四的人，最終也會稱讚起韓常瑮，覺得他很討人喜愛的，而在這個國家滅亡為止，他也會在歷史上留下紀錄，受到人們的稱頌，就在您被關在監獄裡，設法為了幾分錢活下去的時候。」

「仔細想想，似乎也沒有比這個還要更棒的處理方式了，而我也能以這個理由持續取得金援，至於那點小錢，反正他一輩子都會被侍奉為妃子殿下，以後對於物質上應該不會有任何可惜的部分……那為什麼還硬是要把那些骯髒的錢放入小琛的口袋裡？」

「就算如此，我還是剩下很多資產。」

韓會長的嘴角顫抖了起來，雖然他仍裝得一副很平靜的樣子，但似乎還是很難完全控制心中的怒火。

也是……有誰猜想得到，這位天下第一的趙東製藥韓會長被獄警團團包圍，還被銬上手銬，與這位不成熟的年幼李皇子對談呢？

「反正就算是此時此刻，我帳戶裡的餘額……」

「印子變得很深了呢……會長。」

李鹿打斷韓會長的話，並指著韓會長那長滿皺紋的脖子邊緣，他便一副像是不知道理由為何地慢慢眨了眨眼。

雖然是真的沒時間了，不過李鹿也不想再與這個噁心的人進行無意義的對話了。

「已經好幾天了，趁韓會長您在睡覺的時候，我讓人對您注射藥物。」

「什麼？」

驚慌的韓會長嗤之以鼻地笑了笑之後，又哈哈大笑起來。

「您這是在用藥物來威嚇我嗎？」

「有什麼不行的嗎？您是很熟悉該如何用藥物來進行卑劣行為，並不是對於所有藥物都有著強韌的容忍力吧？」

李鹿拿出了一個小小的手鏡，讓無言以對的韓會長看看自己的樣子，一瞬間，他便以著一副頹喪的樣子，靜靜地盯著鏡子中的自己，並找到了胸鎖乳突肌下方的小瘀青，一臉震驚地張大嘴巴。

雖然韓會長至今沒有發現那刻有象徵連花宮和柳永殿圖樣的手鏡，是為了紀念這場國婚而製作的限定版商品。

「這、這是……」

「當然，您本人一定沒有任何感覺，因為我們在晚餐裡放了安眠藥，而藥效似乎非常有效，我還因此接獲報告表示您一動也不動耶。」

韓會長突然起身，不，應該說是他試圖起身，但因為守在身後的獄警粗暴地抓住他的肩膀，讓他發出誇張的聲響，只能癱坐在劣質的拘留所椅子上。

韓會長原本盯著獄警束縛住自己的粗魯大手，又接著看向會面室的各個角落，而最終投以目光的方向就是自己的脖子，因為那是用肉眼難以確認的部位。對方那副努力向下看的樣子還真是可笑。

「善良的韓常瑮想忘掉一切，就這樣過著幸福的生活，而我也打算尊重他的意思……但我還是無法容忍事情就這麼結束。」

想必韓常瑮今天也會以為李鹿正忙於公務吧？是啊，那麼美好的可愛之人不用知道這種醜陋的事情也沒關係，他只要看著我著充滿愛意的視線，練習一步步向外頭世界走就行了。

「就像您說的，雖然我的身體戰勝不了所有的藥物……」

彷彿暫時陷入沉思的韓會長馬上就一副不以為意地點了點頭，看起來也很像是在斥責因眼前這乳臭未乾的小鬼而動搖的自己。

「我比任何人都還清楚對人體有害的藥物會出現什麼反應，就算事情進行得再怎麼祕密，只要殿下有那個企圖，我的身體是不可能現在還如此完好無缺的。」

「那您就繼續這麼想吧。」

李鹿爽快地點了點頭並起身，因為鄭尚醖敲著手腕表示他們真的沒時間了。

現在其實是李鹿在執行公務的期間，撇開記者後好不容易找到的空檔，而保全時間的確也是有限的，現在真的得離開了。

「一開始，您只會覺得心情不太好，並不會發生任何事。不過某一天，您會突然感到頭痛，然後有一天會嚴重耳鳴到聽不見任何聲音。」

韓會長說的沒錯，在他身上注射的藥物並不是什麼了不起的藥物。

雖然它藥性安全而被當作治療劑，但如果服用過多，可能會伴隨著一些副作用，不過比起韓常瑮所經歷過的，真的不算什麼。

下達如此指示的是李鹿，因為不想在他身上使用價格昂貴的藥物，反正目標是要利用神經衰弱的藥物讓他慢慢死去，所以不論是在飯裡下藥，又或是直接注射，根本就不是重點。

「最終，您光是看著送進來的飯，就會覺得渾身不對勁，韓常瑮……是啊，依您的表現方式來說的話，您會覺得與其變成那種臭蟲般的模樣，還不如去死呢。」

「不過您知道嗎？您是不會變成那樣的。」

李鹿那冰冷的視線瞥向韓會長拒絕的那杯咖啡。

「我可是很理解像您這樣的人。」

幹盡壞事卻仍貪得無厭的人，就算拋下身為人類該遵守的最小規範，只要手上有錢就會感到心滿意足的人……

韓會長也許最後還是會拿起湯筷，大口大口地吃飯，多虧他一輩子渴求的人生欲望和執著，即使偶爾想死，最後還是會依照本能吃飽喝足睡上好覺。

「餓到眼花之後好不容易吞下一口飯，但清醒過來時便會一邊後悔一邊嘔吐，之後又會因為肚子餓，茫然地望著小小的窗口等待食物的發放吧？」

「而且一有時間就會看看自己脖子上和手臂上的瘀青是否有變得更大，並害怕在睡覺的時候會有人偷跑進來注射什麼到自己的身體裡，所以最後只會睜著眼睛不停注視著那狹窄的鐵窗縫隙。」

這就是李鹿私人判決及報復，他決定要奪走韓會長能活得像人類的一般生活。

韓會長愣愣地望著放在桌上的手鏡，鬆垮的皮膚上看得見無法藏匿的歲月痕跡，被多次注射的瘀青部位則原封不動地留在那裡取笑他。

「是啊，就像您所自負的一樣，這件事終究會安靜落幕，畢竟這是只要有錢就辦得到任何事情的世界，確實只要撐個幾年就能輕易被釋放，但不知道您的精神狀況是否能忍受這麼多年。」

「如果光是因為這點威脅就會被擊垮的話，我是不可能經營得了如此龐大的公司的，您可知道我做了多少覺悟，有多麼……」

「那不關我的事，我已經說過了，如果您能繼續撐下去也不錯，其實光是用這種程度就能結束一切的話，我覺得既憤怒又可惜。仔細想想，真的很可惜耶，所以啊，拜託您務必要撐下去，反正跟韓會長相比，我的時間還是比您多，所以您能繼續撐下去，也是我所期望的。」

李鹿歪著頭爽朗地表示，反正他現在不是才二十四歲嗎？

「到您盡最大的努力撐到死亡的那一刻，我會一直一直看著您的。」

韓會長不停反覆地看著李鹿和鏡中的自己之後，他像是明白什麼似地停下動作，鬆垮的眼睛下方不停抽搐著。

韓會長快速伸出手，將手鏡翻來覆去看著，他一看到後面精緻可愛的紋樣，便再也忍不住地怒吼出來。

「喔，看來商品製作組非常用心呢，就算您丟得這麼大力也還是沒碎掉。」

李鹿撿起滾在地上的手鏡，並拿到韓會長的面前，雖然他一副像是馬上就要出手攻擊似地顫動身體，但這次也因為獄警們的制止而只能乖乖坐下。

「請務必好好珍惜，因為我已經下令清掉所有能映照出您的模樣的東西了，所以您現在只有這個了。」

手鏡後方的柳永殿紋樣在白熾燈的照耀下閃閃發光，這可是個要給那種傢伙都覺得可惜的物品呢。

但是李鹿希望韓會長在監獄裡透過那個手鏡慌慌張張地觀察自己身體各處時，可以想到在柳永殿備受尊寵的韓常瑔，一邊想起今天被戴著手銬，只能無力地望向年輕皇子的屈辱，一邊因為各種疑心而漸漸瘋掉。

「對了，雖然您應該覺得沒什麼興趣，但李韓碩現在被關在鄉下的某個精神病院，而您似乎也為了這個私生子留下不少東西呢。」

當然，歸給李韓碩的資產與其說是為了他，不如說是為了逃稅。

「雖然只是一點小錢，但那些錢也會全部歸給韓常琛的財團，剛好我也正打算向李韓碩求償過去那些暴行所造成的損害賠償。啊，對了，那傢伙現在已經不正常了，畢竟他本來就是嗑藥上癮嘛。」

李鹿使眼神給守在身後的人們，韓會長笨重的身體突然被拉起來，雖然他那緊握的拳頭顫抖得像是在表示不想讓李鹿看見他被銬上手銬拖走的畫面，但年邁又受到驚嚇的身體似乎完全無法反抗。

「母后曾說過這樣的話，每個人的地獄都不一樣。」

韓會長緊盯著收走桌上手鏡的獄警，儘管他憤怒、慌張，但仍看不見真實，感覺就像是難以相信李鹿這個年輕小夥子，是否真能對自己施加如此壓力。

「而您會慢慢了解到，最底層的地獄是什麼樣子的，直到您死去為止。」

李鹿收起剛才一直維持在臉上的虛假笑容，面無表情地移動步伐。

當他砰的一聲推開韓會長踏出門時，還能感受到自己的側臉和後腦杓被一股空虛的視線注視著。

每個老舊的鐵窗都映照著李鹿帥氣的模樣，韓會長嘲笑著說道。

現今時代皇室到底算什麼？就算是皇子，沒有人支持的年輕小鬼是能做什麼？而韓會長說的也沒有錯，但就算韓會長在其他方面可以找盡藉口逃離監獄，不過，在試圖殺害皇族的這條罪行上，他是一輩子都無法獲得自由了。

他一定馬上就想破口大罵，就像當初在資善堂將簪子插入他的前臂一樣，但是現在的韓會長被獄警們用力壓著頭，表示要恭送皇子殿下離開，不得不擺出謙卑的姿勢。

雖然李鹿是個懷疑皇室存在的人，但在這種時候確實沒有理由不好好利用自己的地位。

「大禮服的最終檢驗似乎結束了。」

也許是為了轉換李鹿的心情，鄭尙醞將李鹿一直想聽的消息說了出來。

「現在可以打電話嗎？」

「那當然。」

鄭尙醞就像是等待許久似地將手機交給李鹿。

「一定是因為我現在的表情十分凶惡，你才會故意這麼做，想讓我開心點吧？」

「看來您很清楚嘛！一個小時後，您就得再次站在鏡頭前，所以請您現在盡量想點好事吧。」

雖然話是那麼說，但鄭尙醞的嗓音裡卻充滿擔憂。

「嘖，就是因為這樣小琛才會怕你啊！」

「我又怎麼了？」

「心裡明明不是那樣想的，但每次都那麼說……」

——『喂？殿下。』

就在連接聲漸漸變長，正想著要不要掛斷時，那道雖然小心卻能感到興奮的嗓音便傳了過來，李鹿緩緩地將勒緊脖子的領帶解開，現在終於有鬆了口氣的感覺。

「看到新聞了嗎？我今天一大早就跑去博物館前排隊，把你的商品買回來了。」

之前李鹿曾拜託過韓常瑮，再也不要說任何謊話了，而現在的韓常瑮也不再對自己有所隱瞞。但相反的是，李鹿竟然有了一輩子都無法告訴他的祕密。

——『是，我看到了。』

稚嫩的嗓音責備著完全沒想到殿下會親自跑一趟、為什麼要這麼做，而李鹿則是閉上雙眼靜靜聽著。

韓常瑮是不會懂的，而李鹿也打算一輩子都不讓他知道，過去曾有那麼一天，李鹿在什麼都不知道的狀況下，還魯莽地伸手表示要救出韓常瑮。

現在就是遵守那個約定的時候，不論是韓會長或是李韓碩，又或是趙東製藥的其他傢伙……韓常瑮將不會知道水面下所發生的一切，就這樣一直過著幸福快樂的生活。

「布襪希望可以再換成厚一點的。不僅是因為天氣寒冷，嘉禮當天還得一直站著，到時腳一定會水腫，所以還是用能柔軟包覆的款式比較好。」

皇后又看了一圈，並仔仔細細地確認大禮服的狀態。

雖然因為在充滿暖氣的屋內穿這層層衣服，搞得韓常瑮的額頭和鼻梁都冒出汗來，但他還是不敢隨便亂動，就這樣像人體模特兒一樣望著前方。

「還有……」

在皇后指向衣袖的瞬間，喀擦快門聲響起。

韓常瑮大口地吞了吞口水，他不知道這小小的房間裡到底塞了多少人，有拿著長得像武器一樣的巨大照相機拍照的人，也有拿著毛筆將自己的樣子畫下來的畫師。

原本就已經覺得很熱了，這下子韓常瑮還因為緊張的關係，身體整個發燙起來。

在要撰寫嘉禮都監儀軌草本的原因下而移居太平館後，就一直有一群人跟著韓常瑮。

他埋怨著自己一直發紅的臉，因為事後看到照片時，總會看見明顯的緊張感，雖然韓常瑮下定決心要展現泰然自若的一面……但最終仍會紅起雙頰，睜大眼睛盯著鏡頭。

「這裡的刺繡希望可以再弄得簡單點。」

「是，遵命。」

「如何？妃子殿下有任何不便的地方嗎？」

「不，不會，一切都很好，非常舒適。」

不知道韓常瑮到底是用了多大的力氣，他的身體甚至承受不住點頭的力道而稍稍向後退了一點。

皇后就算看到他這副模樣也沒有取笑他，讓韓常瑮感到十分感謝。難道這就是在皇宮裡身經百戰的人所擁有的從容嗎？

韓常瑮為了正式準備嘉禮而離開連花宮已經好幾個月了，而最近比起與李鹿相處的時間，跟皇后在一起的時間似乎更多。

雖然鄭尚醞或申尚宮曾說過只要站在皇后面前，就會不由自主地開始緊張，但韓常瑮的想法卻有點不一樣。

也許是因為入宮的契機與其他人不一樣，皇后對韓常瑮並不嚴格，反而一直是溫柔且細心地照顧著韓常瑮的大小事。李鹿聽到韓常瑮說出「教育訓練的尚宮們反而更可怕」的感想後，也不禁感到驚訝。

皇后雖然是一名會讓人感到難以相處的人，但也不會讓人覺得可怕。

其實韓常瑮的身體與想法毫無相關，只要站在皇后面前，身體就會不由自主地緊張，若用盡全身力氣轉身，脖子和肩膀甚至還會感到刺痛，這也許……是因為對娘娘感到抱歉吧？皇后是李鹿在堅決表示要舉行這場會引來眾人議論的國婚時，唯一支持他的人。

在明白韓會長加害於李鹿後，儘管他的行為並不是很有禮貌，但皇后仍願意聽取他所說的一切，所以只要站在皇后面前，韓常璟眉毛跟脖子就會不自覺地下垂。

畢竟李鹿是皇子，所以兩人的關係無法稱為普通的母子關係，但再怎麼說也是親生兒子……應該會希望再更端正、更美好的人能夠站在殿下身邊，而不是像他這樣的人吧。

也因此，韓常璟現在對自己那不知分寸想占有李鹿的欲望感到抱歉，很抱歉儘管變成這樣，也不想放棄與他在一起的機會，一切都……很抱歉。

「辛苦了，事情都結束了，喝茶吧。」

「是、是……」

交泰殿的人收起大禮服，並見機行事地空出位子。

雖然在柳尚宮伸手戳了戳一名繼續愣在位子上的的史官時，讓整個空間響起了小小的驚叫聲，但韓常璟仍努力裝作沒聽見。

「不過您現在倒是不像以前那樣，會嚇得抖動肩膀了呢。」

「咦？」

「一般來說如果發生這種事，您總會很明顯地流露出自己的驚嚇。」

「啊……」

「不過現在能夠裝作沒看見，這就代表您真的變成皇室的人了。」

「是、是嗎？」

韓常瑈尷尬地搓了搓手指，其實他現在對於發生在自己身上的事情，仍感受不到一絲的真實感……

韓常瑈過去就算睡著了，也會像是被雷劈中似地突然驚醒。因為他至今仍無法相信韓會長被關在監獄裡的事實，甚至還會到處搜尋新聞，直到清晨破曉才再次闔上眼睛。

當然，這件事如果被李鹿知道，想必他一定會很難過，所以他並沒有在李鹿面前表露聲色……

經過了春天、夏天及秋天，儘管現在已經是冬天了，但韓常瑈對於自己仍然能夠留在李鹿身邊的事實感到不可思議，對他而言，真的有好多無法置信的事情。

現在有盡心盡力照顧他的連花宮人，而不是一直對他拳腳相向的李韓碩；服用的藥物也不是那些得偷偷服用，然後再向趙東製藥報告結果的新藥，而是服用廣惠院特別準備的藥物，來慢慢管理他的身體；現在聞的並不是實驗室的刺鼻酒精味，而是充滿了季節水果製成的茶香……

這些真的是……一切都太令人受寵若驚了，這龐大的愛甚至讓韓常瑮有時會感到無法負荷，最近他終於明白，若是幸福得太過頭，其實是會有想逃跑的欲望。

「申尚宮說的沒錯呢。」

韓常瑮突然抬起頭，也許是一直撫摸著茶杯的他看起來有點危險，皇后用著溫柔的嗓音將他喊回了現實。

「明明是量身訂做的衣服，但奇怪的是只要穿在您身上，胸部那邊看起來就會有點寬鬆。」

「啊……那是申尚宮大人……」

「哎呀，您應該說申尚宮才對。」

「呃，是……很抱歉。」

「對底下人保持尊待的態度並不是不好，畢竟對於柳尚宮以外的人，我也都保持著尊待的對待方式，但是如果對宮人們喊尚宮大人、內官大人，這一點都不符合規矩。」

「是……」

這個問題已經被指責過許多次了，而韓常瑮也不是沒有努力改善，只是因為他這輩子從來都沒有如此輕鬆地喊過任何人，所以對韓常瑮來說實在不是件容易的事。

「那個……娘娘。」

拿著茶杯品味著香氣的皇后，像是在說「請問」似地點了點頭。

「您有任何持續對人們保持尊待態度的原因嗎？」

韓常璟仔細地想了想，這確實是滿特別的，皇后對所有人，甚至是自己的親生兒子，也是尊稱為李皇子殿下。

「雖然現在回想這原因有點幼稚……但這算是一種不希望讓人覺得我很嫩的手段吧！因為我也是在很年輕的時候就入宮的，所以大家都覺得我很好欺負，也許是因為從小就被選中要坐上這個位子，所以也有很多人把我當成每天只等著入宮，完全不懂人情世故的純真小姐。」

皇后表示，因為原本就已經被當小孩子了，所以比起恣意妄為或是耍性子，展現溫和的一面對未來應該比較有利。將視線固定在茶杯另一端的皇后像是在回憶過去的某段記憶，暫時沉默著。

「總之……這是我的部分，您不需要跟隨我做一樣的事，說真的，因為您現在看起來太軟弱了，所以我覺得您要改掉這個對任何人都尊待的習慣。」

「是……」

皇后將零食往前推，並表示這不是在責備，聽了不需要太難過。

「這是您喜歡的零食吧？這您也多吃點吧。」

哎呀。韓常璟埋怨起自己一看到各式各樣的糕餅，就自動溢出口水的身體。分明掛在額頭上的汗和搔癢著雙頰的頭髮都忍得住了……卻很難招架剛蒸好的糕餅所散發出的甜甜香氣。

「沒關係，我……」

「為什麼？這樣應該會餓喔。」

「因為……我剛看了新聞照……」

「新聞？有什麼問題嗎……」

「啊，沒有，只是覺得我的臉好像變圓了……」

申尚宮早上給自己看了某則新聞，還說殿下根本就不只是常璟控，而是常璟粉、常璟狂，是個世紀浪漫主義者。

本來還很疑惑申尚宮是什麼意思的韓常璟看了看，發現新聞敘述著李鹿一大早就跑去國立中央博物館排隊，等著購買初次發行的韓常璟商品。入口網站也因此鬧得沸沸揚揚。

自李鹿宣布會進行國婚之後，李鹿不論在任何地方，都會直接表露出自己的愛意。

雖然最近因為真的忙得不可開交，所以僅是一通電話就結束了，但李鹿只要在執行公務的期間有任何空檔，就會馬上跑來太平館傾訴對韓常璟的思念。

不論人們是否閒言閒語，他都一定會緊緊抓住自己的手到處逛逛，儘管李鹿知道一定會被人偷拍，他也還是會輕吻韓常璟的臉頰或是雙唇。

不過這也太超過了……就算再怎麼喜歡，怎麼能為了買自己的照片，而一大早就從平壤跑去首爾排隊呢？

韓常璟癟起嘴巴，雖然有對申尚宮表示真搞不懂殿下為什麼要那樣，但儘管感到為難，心中也還是有種癢癢的感覺，雖然尷尬但又有種發熱感，心臟深處變得熱呼呼的……那是很微妙的感覺，而就在韓常璟用手掌按著那不自覺地上揚的臉頰，一邊閱讀著新聞時……

天啊……居然有一張自己的臉頰圓得有如月亮的照片……

「哎呀……」

韓常璟本人雖然極度煩惱，但皇后也只是笑了笑。

「沒關係，別擔心這麼多，吃就是了。」

「可是……」

「相信我，您就算再多長點肉也沒關係，不，應該說那樣看起來會更好看。」

皇后表示，她是在皇室內部因外貌問題受到最多指責的人，若連她都說沒問題，那就是真的沒問題。皇后要韓常璟相信自己，並親手將糕餅遞了過來。

皇后都說到這個分上了，如果韓常璟還繼續堅持己見，確實會有點那個……

「那、那……畢竟您都這麼說了，我若拒絕的話也不禮貌……」

「是啊，您多吃點。」

韓常璘咬開熱呼呼的白蒸糕，甜甜的蜂蜜便流出來，韓常璘的嘴角不自覺地上揚，本來想說只吃一口就好的，但當他回過神，就發現已經吃掉一半以上了。

「……娘娘。」

「嗯？」

「我是說真的……萬一我再吃下去，結果穿不下大禮服的話，那該怎麼辦？」

韓常璘一邊咀嚼一邊將剩下的白蒸糕放下時，皇后便遞出手帕，要韓常璘好好整理沾在手上的痕跡。

「雖然我也不是無法理解您會如此在意，但您是真的不用擔心，我聽說李皇子反而還不停地逼迫太平館的宮人們呢。」

「咦？殿下嗎？」

「是的，說您的臉色變得一塌糊塗，問他們有沒有讓您吃好睡好。」

「天啊……」

在韓常璘那妙趣橫生的嘆息之下，皇后大笑了起來。

「咳，雖然這不是應該在您面前說的話……」

皇后看著努力擦拭著手上糕粉的韓常璘，突然搖了搖頭，並輕輕地砸了砸嘴。

「也許我至今為止都沒與陛下分開，一直撐到現在……是因為覺得嘉禮和登基儀式太順利而感到委屈呢。」

「咦？」

「那是我一直渴望的位子，而儘管經歷無數次的預習也還是覺得很痛苦。唉，光是想到嘉禮就覺得很恐怖，讓我能完全明白人們為什麼會說婚不要結兩次。」

嗯？韓常㻑尷尬地一邊微笑，一邊將嘴裡的糕餅吞下肚，雖然覺得不能就這樣靜靜帶過，不過到底該回什麼才好呢？雖然他也同意這不會是想再進行第二次的事情，不過應該不能這麼附和皇后吧？

娘娘每天都來太平館為他張羅東張羅西的……如果現在還抱怨很累的話，不是有點忘恩負義嗎？而且還不是別人，是要與自己兒子結婚的人說出「沒錯，嘉禮是絕對沒辦法舉行第二次的」。

啊啊。韓常㻑埋怨地望著堆疊得密密麻麻的糕餅，這是不是需要侍奉上司的上班族的辛苦之處呢？

「……我一直都覺得很對不起李皇子。」

也許是因為發現了韓常㻑內心的慌張，皇后用著低沉的嗓音轉移話題。

「而且現在對您也是。」

韓常璟將手帕放上了桌子，並重新端正姿勢，雖然擺脫想辦法回話的情況，但儘管如此，這似乎也不是能讓自己心裡感到舒坦的話題。

「您知道嗎？過去曾有過那麼一段時期，『女』這個字的拼法用的不是『女人』的女（여 yeo），而是帶有貶義的，用來指稱『丫頭』的女（녀 nyeo）。不對，也不該說是一段時期，雖然現在小學教的是『女人』的女，但老實說，大多數的國民還是會用『丫頭』的女來拼字。」

皇后用手在鋪著絲綢布料的桌上所刻畫出的字跡原封不動地留了下來。

「這個字只有在和意思為男人或兒子的詞彙一起出現時，才有正面意義。其他像是卑賤、奸詐……這種帶有負面意義的字裡，總是包含著指稱女人的……這個字。」

「這……這樣啊……」

因為韓常璟現在才正要開始熟悉拼字，所以這些事情他完全不知道，教導他在宮中常用字的尚宮們也從沒說過這樣的故事，大概是因為覺得沒有必要吧……

畢竟就如娘娘所說的，這是人們長時間以來已經用到成自然的習慣，只因為是這樣造出來的字，所以也沒多想什麼就只是背了起來。

但仔細想想還真的很奇怪呢，到底為什麼呢？

「您知道嗎？本來用『娘娘』來稱呼我也是錯的，但是大家都喊得很自然，對吧？也有很多人認為在皇后後面加上陛下這個稱號很不敬。」

「這一直都是我所期望的事情，不論是后還是妃，都能被放在與皇帝或王同等的位置，以及更換老舊字彙的部首。但是所有事情不都是有所謂適當的時機嗎？」

「一切事情，都不是我能隨心所欲改變的。在皇室裡，最重要的就是名分，但是要找到一個適切的藉口實在很不簡單。而就在此時，您的國婚問題也浮上了檯面。」

皇后表示，其實在李鹿第一次跑來找自己，請求幫忙的時候……雖然當時斥責李鹿的不敬與魯莽，但內心其實十分激動地想著現在時機終於到了。

「雖然我假裝好意地認真幫忙著您，但其實我也只是在利用您來完成我長久以來的願望罷了。」

無言的是，對於史無前例的男性王妃的各種討論正被輕易地導向結論。

兩年間無法讓國婚有所進展的理由單純只是因為沒有相關的規範，但是現在事情漸漸朝向不尋常的方向發展，所以現在已經到了不論如何都必須要下結論的時候了。

不只是勤禮院，連內廳的公務員也全都在為此傷腦筋時，皇后便恰巧地站出來，就連皇后都表示一切由身為內命婦首長的她來負責不就行了，底下人哪敢說什麼呢？

本來所謂的公職生活就是這樣，上面說什麼就是什麼，相關人員就全部開心表示正確，並無條件高喊通過。

當然，事情會順利解決，絕對不光是因為有人願意出面這一個理由，雖然大家都知道，但還是有著一些裝作不知情的長輩們無法道出口的事。

因趙東製藥而處於一團亂的狀況下，如果取消國婚，那影響的時間似乎會比想像中的還要長久。

而人們本來就有巧妙的想法。一旦當真的要取消國婚時，就連那些不喜歡韓常環的人，都會因為覺得拋下可憐的他太可憐而出聲反對。

李鹿的特殊體質對皇室成員們而言，一直都是一個不知該如何是好的沉重負擔，雖然覺得出生為突變者的皇子很可憐，但另一方面也因為不知道該拿這種變數如何是好，因此本能性地對皇子感到彆扭。

對李鹿的矛盾在國婚這件重大事件而到達極限，甚至還有人想著，在經歷這麼複雜的事情後，李鹿以後有辦法跟普通人成婚嗎？他會不會太可憐了？

當然，雖然要物色其他人選也不是不可能的事情，但依舊會出現令人擔心的部分。若是幫原本認知度就很高的李鹿找一個家世背景不錯的配偶，那不就是太助長他的力量了嗎？

透過這次的襲擊事件，讓大家都清楚明白到Alpha的肉體耐久度好到普通人完全無法相比。既然如此，那讓那個不怎麼優秀的小子就這樣和他舉行國婚，藉此機會將勢力被削弱的趙東製藥踩在皇室腳下不就容易多了嗎？

就這樣，在上位者結束利益損害的計算後，新的規範便開始快速地整理出來。

「甚至還讓我忍不住想著，這輩子還會再遇到比現在更完美的時機了嗎？」

在找好日子的同時，交泰殿連續幾天都發表破天荒的宣言，自下個月起，在意思為「妃」的這個漢字中，要將象徵性別的部首去除，在所有正式文書中說明皇后與王妃的公務時，要將代表女性及母親慈悲的文句刪除。

而這件事當然引來相當大的反對，如果要這樣的話，幹麼還要用漢字？甚至還有人嘲諷說有必要要繼續維持皇室制度嗎？

可是若要提及破壞傳統又或是找碴，韓常瑮的入宮又迫在眉睫了，馬上就有個男性的妃子要入宮，到底該怎麼辦？不論是勤禮院或那些年紀大的長輩，都找不到適當的回覆。

「所以我偶爾會覺得對您感到抱歉。您似乎把我當作一個非常好的人，但我原本其實是這種人，並不是沒有偏見，而是非常重視我所珍惜、想擁有的東西。」

「當然，我現在心裡不滿的事情也還是很多，但同時也想著像這樣一點點改變就可以了。」

「……娘娘。」

皇后凝視著緊閉的窗戶的另一端，就像是在揣測另一端的風景似的，靜靜地望著。

「近代的皇位繼承都是由長子繼承，所有君主立憲制的國家應該都是這樣吧。」

這是理所當然的事，皇帝並不是親自治理殿下，這只不過是一個具有象徵性的位子罷了，如果這樣還與同輩之間有什麼激烈鬥爭的話，根本就沒有意義，若真有什麼鬥爭，一定也只會被罵說浪費稅金。

「……我這些日子以來總共經歷過三次的流產，而且每次都是具有意圖性的。」

「呃？」

「因為第一個孩子一定要是兒子。」

「呃……這、這……怎麼會……」

韓常瓔頓時傻住了，這是自己在任何地方都不曾聽過的，是第一次聽到的事情，意圖性……流產？

「所以……在現在的太子殿下之前……」

「沒錯，在他之前的孩子全都拿掉了。」

「就因為……不是兒子嗎？」

「是的，就因為不是兒子。」

韓常瓔用自己學識不多的腦袋仔細想了想，這確實很奇怪，不僅是現在的太子，在那之前、還有再之前也是……皇后的第一個孩子總會是兒子，而一切也會像是理所當然似的，由長子被冊封為太子，接著在沒有任何異議的情況下繼承皇位。

太子殿下一詞簡單得就像是呼吸一樣，但是太女殿下這個詞是真的很奇怪，畢竟從沒聽過、也從沒用過這個詞。

「皇室會使用多少有點強制的方式事先掌握孩子的性別，而在偷偷將孩子拿掉，並調理身體的時候……就會使用鑑別特殊體質擁有者時所使用的藥物，所以我猜測李皇子……小鹿是因為那些藥物才成為了Alpha，不過畢竟是歷經好幾代才發生的事，所以也不是沒有什麼影響，雖然至今為止我沒向任何人說過……」

皇后默默放在桌上的手的手背上冒出深藍色的青筋，不停跳動的脈搏彷彿在壓抑湧上心頭的情感，就像在告知一切都是謊言似的，馬上平靜下來。

皇后控管情緒的樣子看起來十分熟練，讓韓常璟覺得那樣的冷漠顯得十分淒涼。

「……娘娘。」

皇后收拾起陷入沉思的表情，不以為意地笑了笑。

「所以有時候當您用著一副無憂無慮的表情看著我時，我的心裡就會有點不好受，想著我是因為有想要的東西，所以才會稍微對您好一點的，但您卻如此單純地相信別人，該怎麼辦才好呢……」

「那……那個……您現在……還好嗎？不對……怎麼可能會覺得還好……」

「我還能怎麼樣？都已經過去了……那都是再也無法挽回的事情。」

皇后眨眨眼表示，這件事就連李皇子也不知道，希望韓常璟可以好好保密，而韓常璟僅是緊咬著無辜的下唇，該說點什麼才對……

儘管只是一點微不足道的安慰，但韓常瑮還是想說點什麼，而且在今天之後，皇后似乎也不會再對他說出任何軟弱的話語了，所以……

「那個……娘娘！」

「哎！妃子殿下，要遵守體統。」

「微臣惶……啊，不對……您、您應該也知道，我明年會考大學。」

「啊，是啊，沒錯。」

「如、如果我考上了……您可以來參加我的入學典禮嗎？」

在這多少有點沒有頭緒的請求之下，皇后愣愣地望向韓常瑮。

「您也知道……我並沒有親戚……啊！當然，雖然我現在已經是不用監護人的成年人了……可是、可是……」

不停眨著眼的皇后，眼神溫和了起來。

「入學典禮……就是說啊，就這麼辦吧。」

這與皇后平常那溫和又冷靜的微笑完全不同……是發自內心真正的笑容，也許是因為那溫柔的樣子與李鹿相像，讓韓常瑮莫名地想哭。

「平壤大學雖然是我的目標……但老實說我並沒有自信，鄭尚醞大人……呃，鄭尚醞雖然說連首爾大學和成均館大學都一定要考上，但我覺得那似乎更難，不過……」

「沒關係，不論您考上哪裡，我都一定會去參加您的入學典禮。」

「是……還、還有……」

韓常璟揪起衣袖並鼓起勇氣。

「您剛剛不是說……那些都是無法挽回的事情嗎？」

「是啊。」

「研究員們也常常這麼告訴我，每次在給我新藥的時候，他們都會小聲地說現在無法回頭了，說這是無法挽回的事情……所以像那樣以實驗體的身分活著就是我的命運、我的人生。」

韓常璟第一次也是最後一次頂撞韓會長時也是，雖然問了為何偏偏是自己，但這包含一切情緒的提問，卻也只換得一個空虛的答覆。

「但是現在多虧了李皇子殿下……呃，我是說李皇子，我戰勝了一切，戰勝了那所謂的命運……」

「所以我認為……娘娘您……與我相比，您更加地了不起，您不是沒有依靠任何人，就這樣自己戰勝了一切嗎？戰勝那些無法挽回的事情……戰勝自己的命運。」

皇后沒有說任何話，只是靜靜地閉上雙眼，像是在品味似的，一個字一個字地嘀咕著

「命運」這個詞，那表情看起來不像是沉浸在後悔之中，但也更不是在哭，感覺就像是暫時睡著似的相當平靜。

「抱歉，妃子娘娘……」

門的另一邊探出申尚宮的頭，而她的嗓音就像是在說不知道該怎麼辦才好。

發生什麼事了嗎？皇后用著一副像是從夢裡醒來似的表情，慢慢地轉向了她。

「怎麼了？是李皇子殿下嗎？」

「微臣惶恐，連花宮的人拜託妃子娘娘接個電話……」

看到申尚宮懷中那不停閃爍的某物，看來是李鹿不停地打電話來，看來是因為明明就到了吃點心的時間，卻完全找不到韓常環，結果搞得他心急如焚。

「很抱歉……」

「您有什麼好抱歉的呢？快去吧。」

韓常環生疏地行完禮後輕輕地向後退，但在慢慢轉身時看到的皇后，臉上的表情是……是在哭嗎？還是在笑？

遲遲沒出房門的韓常環馬上穩住心神，並開朗地向申尚宮伸出手，決定再也不要做過多的想像與猜測。

皇后可是一名如自己所言，靠自己的力量走過漫長歲月的人，如果這樣隨便對她抱有憐憫之心，似乎不太有禮貌。

「喂？殿下。」

一按下手機的螢幕，就聽見了那好似期待已久的開朗嗓音。

——『你看到新聞了嗎？我今天一大早就跑去博物館排隊，掃了一堆你的商品。』

「啊……新聞啊，是，我看到了……沒想到您真的跑去買那個了……」

——『今天如何啊？』

「我現在還是沒辦法適應被史官們盯著看。」

——『哎呀，你得習慣才行呢。』

「不過感覺似乎比以前還要好。」

雖然韓常璟現在還是有很多不熟悉的地方，但至少今天沒有慌慌張張地弄掉頭上的裝飾。

「希望明天的狀況可以再更好呢。」

——『你一定可以的，不過也不需要再做得更好，現在就已經夠好了啊。』

李鹿那只說著「做得好、做得好」的嗓音非常溫柔。

——『你就算只做一半也沒關係，因為剩下的一半我會想辦法。』

韓常璟靜靜地一邊笑著，一邊聽著李鹿的聲音，被絲綢鞋埋沒的小腳小心翼翼地越過門檻，燒得熱呼呼的地板就像是在為這至今還很陌生的一步加油似的。

Whispers Through the Willows

外傳二

初夜

根本就想不起來最近這幾個月發生了什麼事，皇后娘娘說的果然一點都沒有錯，就是因為既麻煩又累人，人們才會說婚不能結兩次吧？

韓常環到後來才同意這個說法，如果要再做一次這麼累人的事……唉，到時似乎會很想逃跑，不對，應該說是一定會逃跑。

「哎呀。」

獨自下定決心的韓常環一點起頭，腦袋馬上就忍不住疲倦，往前倒下。他絕對不是背著李鹿偷偷想像著要分手，這只是……因為嘉禮程序的繁複而產生的牢騷。

因為現況的關係，揀擇或是納采之類的程序都被省略，現在這個時代，禁婚令或三次揀擇之類的事情已不存在，依照教導自己的那些尚宮所言，就算進行揀擇，但其實家裡的長輩早都協商好了，只會形式上問個好……但還是覺得很有壓力。

怎麼能說是形式上的問候呢？用說的當然簡單，但他一直到現在還是覺得在那些板著嚴肅表情的史官們面前，或是在拍攝各角度的相機面前，都感到相當有壓力。

皇室長輩們都在的場合又會如何呢？他根本就沒有自信能在李鹿不在的場合上，獨自端莊地行禮、果斷地回答長輩們提問，光是沒有難堪地昏過去就已經謝天謝地了。

而媒體為了平息趙東製藥的醜聞，也出現強制執行國婚是否太過勉強的批判，更有很多人諷刺，說這是皇室第一次舉行如此草率的婚禮。但老實說韓常環卻覺得不管怎樣都好。

雖然沒能告訴任何人，但因為趙東製藥現在變成這種樣子，所以揀擇之類的步驟被省略掉，反而讓韓常環覺得十分萬幸。

總之，因為韓常環沒有親戚的關係，揀擇和納采都能草草帶過，但是從納幣開始，就是得正式執行的部分了。

也許是因為意識到世間對於嘉禮舉行得太過草率的評論，在韓常環眼裡，納幣似乎比從尚宮們那裡聽說的還要更華麗、更盛大，景福宮和連花宮，和除此以外的其他地方的員工，每天都不停地找上太平館來。

雖然韓常環現在的動作也不是很流利，但一開始真的生疏到了極致，收到蓋有金印以示允許成婚的詔書，行過禮後，也將用絲綢包覆的大雁放上了桌……然後再次依照指示行禮。因為第一次配戴的冠太重而差點摔倒，還因此讓嚇到的大雁猛力振翅……真的是搞得一團亂。

雖然在那之前，每天也不是在太平館吃喝玩樂。教育尚宮們表示若在嘉禮當天也發生這種失誤的話，就真的大事不妙了，因而更加認真地教導紀律和規範，所以這幾個月間，韓常環眼裡的淚水就沒有乾的一天。

好想回平壤，回去那個有著垂柳的可愛連花宮，不只是李鹿，也好想那些只要看到他，就會焦心地想要給他一點什麼的連花宮人。

但每當一天要結束時，只要看到那臉上滿是倦容的殿下打視訊電話來，就會因為感到抱歉所以什麼牢騷也不敢發。

雖然李鹿一點都沒有表現出來，但他一定也為了嘉禮而忙得不可開交，同時身為李皇子得執行的公務量也一點都沒有減少，而且在檯面下他還一手包辦收拾與趙東製藥相關的事務，想必身體真的累得有兩個他都不夠了。

「現在幾乎都結束了，很累了吧？」

「是……」

申尚宮輕輕地揉了揉韓常環的肩膀，表示對自己講話時不可以如此尊敬。現在就像李鹿身邊有鄭尚醞、皇后娘娘身邊有柳尚宮一樣，以後申尚宮就是負責照顧韓常環的人。到不久前為止，都還對著韓常環喊孩子或小不點的申尚宮，在收到正式的命令後，就馬上轉換為恭順的態度。

「您要怎麼對其他宮人都沒關係，但是對我，您一定要輕鬆自在點，皇后娘娘不也是這樣的嗎？啊，當然，不只是我，對宮內的人們喊尚宮大人、內官大人的習慣真的要改掉，要喊什麼什麼尚宮、內官、宮女，懂了嗎？」

「那個……尚宮大人，呃，不是，尚宮您……妳都不覺得尷尬嗎？突然對我如此尊敬……」

「唉……上班族本來就是這樣，只要有錢就什麼都做，自從開始服侍娘娘後，我的薪水上升不少了呢。來，抬起頭來……」

不過好險的是，儘管申尚宮那麼說，她也沒有要劃清界線的感覺，所以韓常瑮面對這突如其來的尊待，也並沒有覺得特別尷尬或不便，更對於從以前就很照顧自己的人成為親信而感到慶幸。

「我看看……覲見已經在嘉禮結束後以問候代替了，廟見會在春節之前舉行。」

「是……哈恩……我聽說了……」

當韓常瑮一邊回話一邊不自覺地打起哈欠，申尚宮便微微地笑了笑，光是把頭上的各種裝飾拿掉，就讓人有種活過來的感覺。

儘管在轎子裡也得挺得直直的腰刺痛無比，支撐著頭冠的脖子也感到相當沉重，再加上寒冷的天氣裡，一整天都站著行禮，讓小腿不只腫脹，甚至連膝蓋都有點痠痛。

「您可以去好好洗個澡，接著再換上放在墊褥上的睡衣，然後一直往前走就行了。」

「往那個前面嗎？」

「是的，一直走下去，經過五個門後就會看到新婚房，殿下準備就緒後也一樣會過去，就算現在裡面什麼都沒有，您也只要進去坐好就行了。」

申尚宮笑著表示，之後的事想必娘娘也很清楚吧？

「尚、尚宮大人……」

「咳咳，就跟您說要叫我申尚宮了。」

緊抓著韓常環那癟起的小嘴，申尚宮從袖口拿出幾樣零食遞給韓常環。

「娘娘。」

這是不論聽了幾次還是難以習慣的稱號，不過在一年前，明明都還被那些鄙視自己的人們稱呼為男妓苟延殘喘地生活著，但以後居然要被用如此尊貴的稱號來稱呼……

「當然，雖然李皇子……不對，不是李皇子，華親王殿下老是表示非您不可……」

「尚宮大人！呃，尚宮！會、會被其他人聽見啦！」

天啊！韓常環被對方誇張的話語嚇得趕緊張望四周，但申尚宮卻抓著韓常環的肩膀表示，要是有誰要聽那就隨便他們吧。

該說這樣的風格非常像她嗎？在被申尚宮那一如既往的風格嚇到的同時，韓常環也不自覺地笑出來。

以前不是用韓常環這個名字，而是用金哲秀這個名字過活的時候，申尚宮也是那樣一邊罵著李韓碩一邊揮動手臂。

「唉，您終於笑了。」

「是、是嗎？我的表情有這麼糟？」

「您不知道嗎？您一直都僵硬得像個雪人……」

申尚宮將眼睛睜得圓圓的，並擺出十分僵硬的姿態來模仿韓常環。

「這樣照片一定又被拍得很奇怪……」

當韓常環因為難過而垂下肩膀時，申尚宮便拍拍韓常環的背，表示第一次都是這樣的。

「之後回連花宮後，我再給您看看以前的照片，殿下第一次獨自執行公務的時候也非常緊張，在進行御膳房展演的時候，還把所有材料全切成了丁呢。」

「真的嗎？」

「對啊，而且……娘娘。」

「是？」

「作為皇室成員，您一定會遇到讓您覺得光是有愛也無法克服，既辛苦又痛苦的時候，而我想依照您的性格，儘管發生令您痛苦的事情，您不會向殿下說，反而會一個人默默難受。」

申尚宮輕輕地捏了捏韓常環的臉頰，感覺就像是在逗弄年幼的弟弟或姪子一樣。

「請您跟我約好，到時至少要讓我知道。」

「因為這話有失分寸，所以我一直很猶豫要不要說……但就讓我來當您的娘家母親吧，如果覺得母親有點那個的話，那當姊姊或是阿姨也好。」

「尚、尚宮……」

「所以如果外頭的那些人說了什麼不像樣的鬼話、皇帝陛下或太子殿下挑釁您，又或是夫妻吵架了，就全都告訴我吧。」

韓常環不發一語地張闔著嘴巴，胸口感受到一股與被李鹿告白時不同意義的酥麻感。

雖然自進入連花宮後就經歷了許多第一次，但這種感覺又是一種前所未有的體會，母親？姊姊？這是這輩子從沒從自己嘴裡說出口……既溫暖又夢幻的詞彙。

「其實在知道您在趙東製藥經歷過什麼事情之後，我就一直……一直很想跟您說些什麼，但一點都不簡單呢。」

這是難以啟齒的痛苦，若是隨便安慰的話，也許反而會更傷人……申尚宮將烤好的橘子塞入韓常環嘴裡，悲傷地說著。

「但是現在您身邊也有我了，就像殿下有鄭尚醞一樣，我也會一直待在您身邊。」

申尚宮的嗓音顫抖得像是快哭出來似的，韓常環見狀猶豫地站起來。

韓常環跟申尚宮一樣，不太熟悉該怎麼安慰別人，不知該如何是好的韓常環尷尬地伸出手時，申尚宮便一邊笑著，一邊溫柔地擁抱韓常環，那是一個一點都不會不敬，真的像是在安慰兒子或弟弟一樣的溫暖擁抱。

「以後除了我之外，您身邊還會有更多人的，比起那些討人厭的怪人，一定會有更多疼惜您的人，懂了嗎？」

「……是。」

「所以您就把過去悲慘的人生全忘掉，幸福地過生活吧。」

韓常環像傻瓜一樣地點著頭。

他很想申尚宮一個可靠的答覆，表示他會努力成為配得上李鹿的人，而且現在就已經夠幸福了，還有……謝謝您說要當我的家人……

但光是這三句話，就讓韓常環覺得夠難了，因為感覺只要一開口，淚水就會隨之落下，所以乾脆就一語不發地像個故障的玩偶一樣，只是不停地點著頭。

「哎呀，我也真是的……抱歉，快點弄完進去吧，殿下一定等您等得很急。」

申尚宮一邊用袖口輕按著眼角，一邊退了開來。

「對了，明天早上得打電話給很多地方，但……反正殿下會把您叫醒說要一起吃早餐，您起床就先清個眼屎然後乖乖等著吧。」

申尚宮一邊表示反正李鹿會自己看著辦，一邊移動著步伐。

「那就祝您有段愉快的時光，您今天真的表現得很好喔！」

申尚宮比出大拇指，用著平時那帶點淘氣的表情，表示今天的韓常環沒有犯下太大的失誤，非常了不起。

韓常環很想給申尚宮一個笑容，但在隔扇門刷啦啦關起的瞬間，一直保持著笑容的申尚宮便舉手遮起臉，而原本幽默翹起的眉毛也微微顫抖著，看來是隱忍許久的淚水終於爆發出來了。

韓常環緊咬著下唇，淚水讓視線變得一片灰白，雖然申尚宮說只要有加薪就好，但其實說真的，他也不是一個很好服侍的對象……

他到底算什麼？對於盡心盡力的申尚宮，實在是覺得太感謝了。他只不過是愛著殿下的一個人，但他的身邊現在卻充滿著過去連想像都想像不到的好事和好人。

「怎麼一直在哭呢……今天可是好日子耶……」

該怎麼報答這份恩情呢？韓常環一邊揉著眼角，一邊拿起放在洗臉檯旁邊的洗面乳。發生這種好事的時間也沒多久，結果居然因為覺得不久前的嘉禮太辛苦而想要賴，真是太沒出息了。

「得好好表現，好好表現才行……」

雖然現在的自己對包含李鹿在內的連花宮人們來說沒什麼用處，但如果有任何他自己能做的事情，不論是什麼，他都已經下定決心一定要完成，總不能一直讓李鹿替自己背負所有的事情。

「啊，好想他喔……」

韓常瓅一一想起那些令人感謝的臉孔，在想念的最後所浮現的臉當然是李鹿。為了準備嘉禮而離開連花宮之後，就再也沒看到那令人心安的臉龐。

他們偶爾一起吃飯的時候，也只能稍微摸摸彼此的手，然後又快速分開。

當然，雖然嘉禮當天一直都站在李鹿身邊，但是因為韓常瓅緊張加上忙得不可開交的關係，根本連好好欣賞李鹿英姿的閒暇都沒有。

雖然從首爾機場前往平壤的時候稍微有點空閒……呃嗯……但唯獨那段時間像是被剪刀剪掉似地，一點都記不得了。當在機內完成需要的攝影後，似乎就馬上睡著了……

不過當韓常瓅的身體泡進溫暖的水中並輕輕動了動時，腦袋便想起幾個讓心臟像是要爆炸似的心動瞬間。

登上轎子並往光化門廣場移動時的冰冷空氣、刺眼的鮮藍色天空、蓋在世宗文化會館正面的大型布條上寫上了慶祝國婚、李鹿拿著麥克風，開心地念著成婚宣言的嗓音、李鹿在將裹了糖稀的棗子送到嘴邊時微微顫抖的指尖、嘴唇輕柔帶來的溫度，以及接吻的瞬間，自四面八方而來的快門聲與歡呼聲……

其實最讓韓常瓅感到心動的……是李鹿那將禮法拋諸腦後，老是偷偷望向自己的炙熱眼神。

在今天之前，韓常瓅已經有好幾次穿著與嘉禮當天一樣的服飾，站在春秋館的照相機前的經驗了。

但畢竟在名義上是第一次穿上大禮服，他也從未在李鹿面前好好打扮過，所以那時心裡非常期待李鹿的反應。

韓常環原本只要一想像李鹿驚訝看著自己的樣子，臉上就會不自覺地流露出笑容，連中尚宮也說到時殿下一定會讚嘆不已、稱讚自己真的很好看……但是當李鹿真的看到的時候，卻意外地沉默。

他只是一副像是非常疲倦似地看著鏡頭，然後偶爾問問最近接受宮中教育的狀況如何、有沒有人為難自己而已。

所以當時其實……真的覺得有那麼一點點的失落……

當儀式結束，即將進行禮車遊行的時候，輕輕牽起手的李鹿愣愣地在他耳邊低語著，表示當初照相的時候因為太緊張了所以才什麼話也沒說，而且就連現在也是，你真的太漂亮了，因為一點真實感都沒有，當時才會什麼都沒說……

韓常環將手伸向天花板，因為不久前為止都還戴著一堆東西在身上的關係，所以都沒察覺……現在自己左手的無名指上確實感受到不熟悉的重量。

這個由知名匠人所製作的戒指，不只是韓常環，連李鹿都多少覺得有點老成，並不是說它不漂亮，該說這像是博物館的小冊子上或教科書上能看見的那種……充分展現傳統之美的設計嗎？

雖然他們說過，今天過後只有在重要的國家活動時才會配戴，平常只要戴著普通設計的戒指就行了。

但不停著翻轉手掌並觀察著光線反射在戒指上的模樣，韓常環仍忍不住興奮的心情開心地踢著腳，隨著腳的動作，水面上那些不知名的花朵，便隨之晃動起來。

戒指上刻有象徵連花宮的紋樣，朝向手掌的方向還刻有今天的日期以及華親王李鹿的名字。

一瞬間，韓常環有種無法說明的微妙顫慄感席捲全身，他真的……和殿下結婚了，現在如果申請家族關係證明書，他的名字就會和李鹿的名字一起出現，那是任誰都無法否認的相互歸屬。

之前韓常環曾希望，哪怕只有幾個月也好，也想待在李鹿身邊，別說是成為戀人，光是能互相纏綿就覺得受寵若驚了。但從今天起，兩人再也不是一夜情對象，也不只是戀人，而是真正的夫……婦……

「呃啊啊！」

韓常環紅著臉瘋狂地搖了搖頭。

天啊，夫婦？

殿下跟我……居然是夫婦了！

也許是順著韓常瞟的肌膚而浮起的泡泡，或是因為瘋狂跳動到要立即噴出嘴巴的心臟跳動聲。

韓常瞟不知該如何是好地在木桶裡來回踱步，雖然要說這是浴缸也有點太寬敞，要說是浴池也有點太窄了，總之，是個足以讓一個人在裡面玩水的空間。

在水中來回踱步的韓常瞟像是下定決心似地拿起蓮蓬頭，仔細地清洗被壓得扁扁的頭髮，再用沐浴油清洗好幾次的身體……最後卻因為感到害羞而在扭動腳趾的過程中差點摔倒。

當緊張的感覺一點點平息後，現在連一點小事情也能讓自己的心臟撲通撲通跳個不停，韓常瞟光是使用沐浴油，而不是平常使用的沐浴乳來搓揉身體，就會有種緊張到想吐的感覺。

他一邊用著看似比自己的身體還要大三倍的浴巾擦拭著身上的水氣，一邊靜靜地觀察著窗櫺上的蝴蝶與花的圖樣，窗紙的另一邊所映照出的月光耀眼得讓人不覺得現在是晚上，話說回來，這地方的名字是不是叫滿月臺？

雖然對外公布的是兩人將在國內某溫泉勝地享受蜜月之旅，但其實是考慮到那些纏人的記者，而做出的搪塞。

雖然李鹿對於去連知名行宮都不是，只是滿月臺附近的小別墅蜜月旅行，似乎感到有點難過，但是韓常琛卻很喜歡這個小巧精緻的空間。

反正只要制度還在，以後都會一直住在宮裡，那管他是行宮還是什麼的，就算現在不去也一點都不會感到可惜。

況且，雖然現在因為是蜜月旅行的關係，所以宮人們全都退了下去，但以後就很難有像這樣可以兩人單獨相處的時光了。

既然如此，比起那些富麗堂皇的地方，像這樣不論看向何處，都能讓李鹿占滿自己視線的小空間反而好上一百倍、一千倍。

「啊……現在可不是想這些的時候。」

韓常琛愣愣地欣賞眼前光景，終於發現現在不是沉浸於情緒的時候，便撿起放在眼前的衣服。

經過多少時間了？雖然因為裡面沒有時鐘，所以根本無從得知，但剛才申尚宮還跟自己聊了不少，所以時間應該比想像中的還要晚了。

「呃？這、這是……這是這樣穿的嗎？」

韓常琛依照他從書上看來的內容，想盡辦法將底褲打結，並將有如蜻蜓翅膀的天藍色赤古里和褲子穿起來，接著再穿上柔軟的睡衣時，韓常琛的額頭早已汗珠涔涔。

「呼……好熱喔。」

韓常璟用手背快速地擦拭臉上的汗水，並打開放置在睡衣旁的盒子，裡面放著一雙觸感柔軟的布襪。

他將腳上的水氣仔細擦拭掉後，為了綁腳踝上的繩子而低下身體時，發現身體散發出一股隱約的香氣，那是漂浮在水面上的不知名花朵，以及不久前用來洗身體的沐浴油香氣混合出來的……雖然韓常璟有點難用言語說明，但那香氣讓人有種露骨的感覺。

「嗯……」

明明沒有人說什麼，但韓常璟還是尷尬得搓了搓鼻尖。

「這、這樣一直走下去就行了吧？」

韓常璟發出「嘿咻」一聲，並開朗地揮了揮手臂，進去新婚房後，和李鹿一起喝杯茶……不過似乎還有什麼該做的事情，只是有點想不起來了，就像申尚宮所說的，不論怎麼樣，最後要做什麼事，自己也是很清楚的。

雖然不是第一次與李鹿發生關係，但自襲擊事件之後，兩人就連要牽個手也很困難，因為殿下的康復是最要緊的事情，而在殿下出院之後，則因為各種大小事而忙到令人嘆氣。

因為就算要擠出一點點的空閒來見對方，都需要莫大的覺悟，所以兩人全都沒想過要纏綿，因為心疼彼此疲倦的模樣，所以總在摸摸手後觀察附近人們的視線，接著輕輕地吻向對方，再加上結婚前的最後幾個月，韓常環完全不在連花宮……

「呼……」

韓常環大大地吸了一口氣，最近因為廣惠院給的幾種藥物的關係，身體莫名溼透的次數大大降低了。真是太好了，雖然李鹿應該不會介意，但今天可是蜜月旅行耶……而且還是兩人的初夜……才不想讓李鹿看見自己情色的醜態，希望自己在他面前能更惹人疼愛。

韓常環將一直出汗的手掌往褲子上擦拭並站在另一扇門前，裝有感應器的隔扇門便輕輕地開啟。

如果是以前的話，這種東西應該也是由宮人幫忙開啟的吧？韓常環想到這裡，就覺得能在這個時代與李鹿相遇，真的是太值得慶幸了。

若是在以前的時代，別說是嘉禮了，程序想必是更加複雜，還要在無數的僕人注視下與殿下纏綿……呃呃。

當韓常環再次小心翼翼地跨出步伐，門又刷啦啦地自動開啟，雖然一點效用都沒有，但這是個既漂亮，又被設計得相當浪漫的空間，接著再走幾步、再幾步，小心翼翼地邁開步伐的韓常環在明白到某件事後，就因為有點煩悶的思緒而無法輕易邁開步伐。

直到第三道門開啟後，韓常環這才察覺到這些塞滿走道的花朵和嘉禮程序毫不相關，這想必一定是李鹿特別指示的，溫柔過頭的殿下擔心自己一個人走來的路上會害怕，所以特別花了心思。

「可惡，又哭了……」

韓常環用衣袖按了按自己的臉，如果被李鹿看見泛紅的眼角，他一定又會擔心自己，但今天可不是那種日子，今天可是一個特別到一輩子光是回想起來，就能開心過活的好日子。

「不是已經決定好……在殿下面前只能笑了嗎？」

韓常環輕輕地拍了拍雙頰後下定決心，隨著越來越靠近新婚房，剛才還感覺很巨大的門看起來也漸漸變小了。

他好不容易從那布滿花朵的走廊出來後，便看見雕有蓮花的窗櫺另一側，李鹿那凝視著酒桌的影子，也許是因為溼掉的頭髮還沒完全乾掉的關係，甚至還能看到後腦杓有一搓翹起的頭髮。

還有……李鹿結實的手放在盤起的大腿上，儘管只是照映在蝴蝶燈籠上的影子，卻像是就在眼前似的，能清楚地感受到新婚房內的景象。

殿下什麼時候從浴室裡出來的？他有聽到自己腳步聲嗎？既然如此，那現在的殿下是不是也……緊張得心臟快要跳出來了呢？

韓常環緊按著胸膛，小心翼翼地邁出步伐，也許是因為太緊張的關係，布襪的布纏上腳，沙沙摩擦聲聽起來就像打雷一樣大。

終於剩下最後一步了，只要再跨出一步，新婚房的門應該就會自動開啟，但奇怪的是自己仍遲遲無法邁開步伐。

韓常璟就這樣猶豫了好一陣子，突然聽見裡頭傳來的咳嗽聲。

也許是因為慌張，李鹿突然抬起頭的樣子、手忙腳亂地將手放在地上又放在腿上的影子……李鹿也一樣真實地傳達出他的緊張。

這時，韓常璟僵硬的肌肉才終於放鬆了下來，一想到李鹿也正感受著這種不知該如何說明的感覺後，儘管無法用言語說明，卻覺得一切似乎都無所謂了。

呼……李鹿大大地呼出一口氣，跨出步伐的那一瞬間，新婚房的隔扇門便慢慢地開啟。

以有著巨大蝴蝶圖樣的燈籠為中心，房間內的各處放滿了好幾對的蠟燭，雖然溫馨到會讓人覺得儘管展現一切也不會感到害羞，卻也明亮得能清楚看見李鹿那微微顫抖、變紅的耳垂，還有……

「你、咳咳、你來啦！」

「……是，殿下您是什麼時候來的呢？」

「不久前，我一坐上座位，你好像就開門出來了。」

李鹿將未乾的頭髮向後撥弄，每當溼漉漉的頭髮在他的巨大的手指間搖曳時，就能聞到與自己用的產品相同的香味。

「不對啊，我們都已經是夫婦了，不應該稱呼用你，應該要以妃子來稱呼才對。」

呃啊，韓常環一邊緊咬著下唇，一邊努力想起嘉禮時最辛苦的瞬間，瘋了，真的瘋了，雖然最近一年什麼事都沒發生，但光是這樣看著殿下的臉，內心就如此躁動的話……這真的有點……有點那個啊！

不久前還很高興地表示廣惠院的處方籤很有效，但現在怎麼會這樣？

「可以把手給我一下嗎？」

「手？」

當韓常環猶豫地伸出手，李鹿便笑著搖起頭並表示不是那隻手，感到疑惑的韓常環這時才急急忙忙地伸出左手。

啊啊，對了，要把戒指拿掉才行。

「聽說了吧？這個現在會另外保管……平常只要戴簡單的戒指就行了。」

李鹿打開放在酒桌旁的盒子，並拿出一個小小的瓶子，接著將繡有華麗刺繡的絲綢布浸在裡面，一將手指往被浸溼的布上磨蹭，戴在手上的戒指便開始鬆脫，也許是因為裡面摻有香油的關係，以手指為中心，散發出了甜甜的香氣。

「因為這個戒指被歸為重要遺產……」

李鹿為韓常環戴上一個雖然比較細，但上面仍鑲有一顆顆寶石的華麗戒指。

「平常就戴這個，你……不，妃子，您也照我剛才做的，幫我戴上就行了。」

「啊，是……」

呃，剛才回覆他的嗓音也太分岔了吧！韓常環尷尬地緊緊閉上眼睛，希望李鹿可以想成他只是因為累了才這樣，而不是因為有著什麼期待……

「以後都不能拿掉戒指喔！」

韓常環用沾有香油的布輕觸著戒指的縫隙，頭頂上就傳出一陣暖洋洋的笑聲。

「不論是洗澡又或是做任何事情的時候都要戴著它，如果上面產生了太多刮痕的話，我會再買新的給您，所以不要擔心，懂了嗎？」

「殿、殿下也是！」

「嗯？」

「您也一定要一直戴著喔……這個戒指。」

想著自己的語氣是不是太具攻擊性的韓常環在猶豫之後小心翼翼地補充說明。

「殿下，您不是本來就有許多對外活動嗎？而且現在還要復學……所以啊……」

本來韓常環以為李鹿會因為他的話語而大笑，又或是像以往一樣輕撫著他的頭，並說自己可愛……但是李鹿卻意外地像是在聽話似地眨了眨眼睛，然後悄悄地移開了視線，並用手背遮住嘴。

「啊，我真的要瘋了……」

「殿……下？」

「等一下，我現在……嗯……有點奇怪。」

李鹿就像個失了魂的人一樣，一直在嘴裡嘀咕著什麼。

「因為感覺你好像在忌妒，所以覺得很開心，不對，與其說是忌妒……應該說是執著？不不不，也不是執著……總之，不論如何，這似乎是你第一次跟我說這種話，啊，不對，不是你……我是說……妃子……」

呃啊啊！韓常瑔稍微冷靜下來的脈搏又開始大力地跳動起來，李鹿對他用尊敬的口吻說話，至今仍是件非常陌生的事情。

雖然第一次被李鹿叫著名字的時候，下面也難堪地硬了起來，但這次也感受到了強大的破壞力，自腰部下方開始傳來陣陣酥麻感。

殿下剛才說自己為妃子……

就像一對真正的……夫妻。

「啊，酒……」

李鹿反覆緊握雙拳又鬆開雙拳，像是這時才意識到眼前的酒桌，拿起酒杯。

「像這樣喝酒明明也是程序中的一環……但是該怎麼說呢？總覺得這次跟其他時候有點不一樣。」

李鹿一邊乾咳，一邊將酒瓶向白色酒杯傾靠過去。

「抱歉，老是說一些不明所以的話……」

「不，我想我大概懂您為什麼會那麼說。」

之前申尚宮提過交杯酒，表示普通的夫妻在新婚初夜也會喝紅酒製造氣氛，所以只要這麼想就行了。

不過也許是從鄭尚醞那聽說了之前在山月閣裡發生的事情，所以申尚宮說這些話也可能是在告訴自己不要傻傻地喝著喝著就醉了。但總之，韓常璪將申尚宮的那句「普通夫妻」一直放在了心裡。

既然如此，那當然要來試試看，想做這些普通人也會做的事情，和李鹿一起紀念今天。

「申尚宮說，其他夫婦也都是這樣製造氣氛的。」

「是啊，沒錯，一般來說，其他夫婦也是這樣……」

李鹿說著「在新婚初夜」的嗓音漸漸變小，而他那輕撫下巴與頸部的指尖還像是有點難為情似地稍微紅了起來，雖然因為沒照鏡子所以不知道，但自己的臉大概也像他一樣紅吧？

「那我們來乾杯吧！」

李鹿像是想解除現場緊張的氣氛似地一邊笑著，一邊擠了擠鼻子，可惜的是兩人緊握酒杯的手老是揮空，好不容易在沒摔破的狀況下，經歷一番波折後終於將酒杯相觸，但兩人都只稍微輕輕碰到了嘴唇，現在喉嚨就已經夠乾了，酒怎麼可能有辦法下肚呢？

韓常瑮彷徨的視線最終停駐的地方又偏偏是柔軟的墊縟，那到底是用什麼做的？下面墊了什麼？就算把這墊縟當作矮床，但它又有一定的高度，所以看起來非常柔軟。

「啊，這……」

隨著韓常瑮的視線看過去的李鹿指了指床頭。

「這以後也會放在我們的寢殿……」

他的手所指的地方，是個有著丹青的木雕大雁，看來他是認為自己對這木雕很有興趣呢。

「儘管結婚了，還是會有難以向對方開口的時候，不是嗎？聽說那種時候只要使用這個就行了。」

「怎麼用？」

「比方如果妃子有任何對我感到不開心的事情，就可以把它這樣轉成反方向……而如果是想展現愛意的時候，就讓它們對看就行了，也算是一種信號吧！」

李鹿將身體傾向木雕大雁，他的大手輕鬆地就抓起兩隻大雁的脖子，而韓常璟則是裝作小小啜飲著根本就不會喝的酒，一邊悄悄地偷看李鹿，無論是握住大雁脖子的指尖彎曲的樣子，又或是傾靠身體時緊繃的肌肉線條……

「……您最近運動了嗎？」

「嗯？」

在韓常璟不自覺地脫口而出後，他這才回過神來，終於明白他剛才說的這句話，會透露出他在想什麼、又在偷看什麼。

「啊……我不是故意要看的，只是……您剛才抓住大雁的時候……總之就是覺得您的身體曲線似乎變得有點不一樣……」

「什麼嘛！這不是理所當然的嗎？」

李鹿將木雕大雁放下後獨自嘀咕著，感覺是為了讓韓常璟不會覺得尷尬，而故意如此調皮地回話。

「啊，殿……」

最後一個呼喊李鹿的音節本來都已經來到嘴邊，卻又被埋沒回去，一張水氣還沒有完全消失的帥氣臉龐近距離地出現在自己面前。

「……因為我想在妃子面前好好表現啊。」

「在、在我面前？」

「名義上也是蜜月旅行，還是初夜耶，這不是理所當然的嗎？而且……我們也很久沒有……」

李鹿的手覆上了韓常璟的手背。

「像這樣……觸碰彼此。」

啊，真不知道該把眼睛放到哪裡去，韓常璟開始回想已經與李鹿經歷過的幾次纏綿。

最令人感到緊張的，果然就是在山月閣內喝醉酒的第一次，因為深怕李鹿會成為一個僅是對自己不會帶來傷害的普通人，害怕他會就此與自己拉開距離，基於想留下點什麼的心態而放肆地主動出擊。

雖然當時也覺得非常混亂……而現在也好像與當初在山月閣的第一次……不，應該說比當時還要更緊張。

李鹿的手伸向韓常璟通紅的臉頰，像是在要求四處漂移的眼神好好停下，穩穩地抓住韓常璟的臉，固定在自己面前。

濃密的眉毛、自眉間向下的高挺鼻梁、因為變得比之前還要瘦，所以看起來更加成熟的臉蛋與下巴線條，還有深黑色的眼珠裡映照出來的宇宙……

韓常璟想起了曾和李鹿一起讀過的文學題庫中，令人印象深刻的語句，像是小說的第一句「他散發著肥皂的香氣」，又或是歌頌明知家滅國亡，也還是無法招架的美人之美等悠久詩句……

因為無法說明這種情感，只好努力回想自己記得的美好文句，但結果還是沒有用，畢竟無論用任何言語，都無法將自己的心明確地展現出來。

韓常瑮對視的雙眼緩緩閉上，長長的睫毛製造出了陰影，他看著李鹿靠向自己的臉，最終放棄繼續思考。

而他那抓著自己臉頰的手掌心上，也能感受到不知是來自誰的脈搏，這樣閉上眼睛，就覺得有種被更加強烈的體香刺激得起了雞皮疙瘩的感覺。

「……喔？」

但是……

兩人在陌生的觸碰感之下突然睜開了眼，相觸的，似乎不是嘴唇，而是兩人的鼻尖，喔？怎麼回事，現在該怎麼辦才好……當韓常瑮正徬徨地眨著眼時，李鹿也像是有點慌張似的，愣愣地望著韓常瑮。

「喔……殿下，我們的頭好像轉到同個方向了。」

「哈哈，就是說啊。」

韓常瑮悄悄用屁股移動身體，讓身體在貼得更緊的狀態下，將頭往反方向扭動，但這次也像剛才一樣，比起嘴唇，兩人的鼻尖更快相碰，而李鹿也在與自己相同的方向，大力地眨著眼，看來兩人又往相同的方向動作了。

兩人就這樣互望著彼此幾秒後便自然地大笑出來。

「啊，真是要瘋了。」

李鹿一邊搖著頭，一邊將韓常瑮攬入懷裡，並在將韓常瑮安置在柔軟的衾枕上後，開始輕輕地咬著對方的臉頰、鼻尖等等的身體部位。

「我第一次對你耍小花招的時候，也沒有這麼緊張。」

「小花招？」

「是啊，小花招。」

李鹿一邊表示自己曾有那麼些時候，就像市井小民一樣，只要一看到韓常瑮，就會忍不住想做點什麼。

他一邊用大手穩住韓常瑮的後腦杓，在那一邊劃分著髮絲，一邊緩緩動作的手勢下閉上雙眼。

這次，兩人的雙唇終於好好地相觸了，當嘴巴在激烈的舌尖攻勢下打開，尚未成熟的杏子香便撲了過來，啊，在與李鹿的舌頭交纏後才終於明白。

對了，剛才稍微喝下的酒就是這個味道。

「其實……我今天有件事想拜託你……」

「拜託？」

「對，我一直都在想這件事……」

也不知道身體是什麼時候躺下來的，當韓常環四處張望的同時，四周還響起身體掃過衾枕的沙沙聲響。

「所以啊，我希望你別那樣。」

「好癢喔，殿下……」

啾的一聲，李鹿像是要對方將注意力專注在自己身上似的，不停地落下雨滴般的吻。

「咦？」

「我希望至少今天，你別稱呼我為殿下，我們不是在度蜜月嗎？」

「那、那要叫您什麼？」

「我不是也有名字嗎？」

「咦？」

直接喊名字?韓常環的反問聲充滿驚嚇。

「可、可是……」

「我知道你已經習慣了，所以這對你來說有困難，不過我也不是要你每天都這麼稱呼我……」

「但是……」

「一次就好，一次就好嘛！」

李鹿像是在撒嬌似地搖晃著寬厚的肩膀。

「我怎麼能那麼做……這、這太不敬了……」

「哎！什麼不敬，我們兩個都是夫婦了，又不是其他人，我的妃子在床上喊我的名字，有什麼好不行的？」

「殿、殿下！」

天啊，真是瘋了，韓常瑮舉起手遮住好似要爆炸的臉，尷尬又慌張得無法與李鹿對視，不久前明明還在害羞地接吻，現在殿下卻又像平時一樣，說著油腔滑調的話語。

「奇怪，我又不是拜託你什麼奇怪的事情，只是叫你喊一次自己丈夫的名字耶，嗯？」

「丈、丈夫！」

「不是嗎？」

李鹿執著地一邊反問，一邊用吻向韓常瑮的十根手指頭。

「我現在的確是你的丈夫啊。」

你是我的，我也是你的，李鹿那隱約有點追究的眼神實在是太漂亮、太耀眼了……讓韓常瑮深深地低下頭，就像平時一樣，這次似乎也敵不過殿下。

「那、那……」

韓常瑮摀著臉並大大地深呼吸。

好吧，就像殿下說的一樣，這可是蜜月旅行，而、而且還是初夜……仔細想想，他可是一直都被人稱作李皇子殿下，應該的確會很好奇被別人喊名字是什麼感覺吧，所以……

「李鹿哥……」

韓常瑮鼓起畢生最大的勇氣說著。

是、是不是真的很奇怪？感覺有點尷尬，不管怎麼想都覺得直接喊李鹿的名字真的有點那個……在不知道那緊抓自己肩膀的手早已停下動作的狀態下，韓常瑮再次小心翼翼地開了口。

「小、小鹿哥……」

哎呀，不管了啦，不論殿下再怎麼請託，這就是最大限度了！

「對不起，殿下，這、這就是極……呃啊！」

韓常瑮的視線突然大力晃動了起來，正想說上臂有種被輕輕抬起的感覺時，就聽見了東西被撕裂的聲音。他驚嚇得將手抽離對方的臉龐後，便發現李鹿一臉僵硬地脫著韓常瑮身上的睡衣，不對，那應該不叫脫，比較像是撕開。

「殿、殿下？」

「我真的……要因你而瘋狂了。」

李鹿不停地說著不明所以的話語，像是「你的真面目到底是什麼？」、「你真的是人嗎？」

「殿下……等一下……」

像是飢渴難耐，伸出舌頭濡溼雙唇的李鹿並沒有脫下穿在裡面的薄底褲，而是馬上將身體覆蓋上來。

「不，不要叫我殿下。」

「您突然這、呼……這樣……」

「像剛才那樣叫我，這裡沒有什麼殿下。」

李鹿央求再喊一次自己名字的低語聲充滿著溼氣，當李鹿一邊吻著耳垂下方，並沿著下巴線條仔仔細細地吻著雙唇，一邊用低沉的嗓音低語時，蔓延於肌膚上的愉悅便喚醒了暫時沉睡的敏感。

「說真的，我可是想了很多呢。」

「呃、嗯……」

李鹿拉開赤古里的衣帶，一邊嘀咕著，雖然他平時在發生關係的時候，也會這樣隨意說話，但現在看起來卻非常像是早已有所準備似的，看起來非常惡棍。

「如果我在插入後面擺動身體的時候，叫你親愛的或是老婆，又或是寶貝……」

剛才還輕易地抓起兩隻木雕大雁脖子的大手掃過平坦的腹部，再慢慢地揉弄柔軟的布下所隱藏的乳暈，難道是因為沒有閒暇去脫下那礙事的底褲嗎？

如果是平常的他早就會覺得衣服很礙事，並在仔細地為自己脫下衣物後溫柔地吻上來了。

「殿下，這……這種感覺有點、呃呃……奇怪……」

雖然韓常瑔訴說著自己的不安，但李鹿卻像是要吃掉對方似的，只是一直不停地舔著韓常瑔的身體。

「我很好奇你會有什麼反應。」

「等、等等，殿下……啊……！」

「是啊，如果你像這樣……一邊害羞一邊掙扎的話，我就在最後好好吻你一番。」

李鹿表示，自己想一邊慢慢地親吻著韓常瑔的腳踝、腳背，甚至是腳趾，然後一邊向對方約定自己未來會當一個好丈夫，然後再親親韓常瑔因害羞而不知該如何是好的臉頰，接著再慢慢地……慢慢地……將身體埋進對方的身體裡。

「啊……！」

「但是你真的……」

李鹿吞下原本要接下去的話語，默默地吻著韓常瑮，在那之後，他想說的是什麼呢？用著稍微興奮的呼吸聲，揣摩著李鹿的韓常瑮再也忍不住地緊緊閉上雙眼。

每當纖瘦的胸膛被抓撫的時候，李鹿左手戴的冰冷戒指就會碰到肌膚各處，令人感到陌生的金屬觸感和興奮感一路從心臟掃過腰下，使得韓常瑮完全無法振作起精神。

「我……那、那個……」

韓常瑮在無法忍耐之下而脫口而出的那聲呼喊下，他感受到了一股像是要穿透自己的視線，儘管閉上雙眼，也還是感覺得到的那種鮮明視線。

「我對殿……不對，對小鹿哥……我也有很多話……想說……」

好想告訴李鹿，真是不敢相信……儘管過了這個冬天、下個春天來了，接著下一個春天、下一個季節又來了，也能一直待在您的身邊，而自己現在能回去的地方。

既不是趙東製藥的實驗室，也不是韓會長的別墅，而是有滿滿垂柳的連花宮，雖然很生疏，但總有一天想成為能完成自己本分的人……而今晚就像李鹿說的，是兩人的初夜，所以想向您好好訴說這份抱負與愛情，但是……

「小鹿哥，我……我對小鹿哥……」

因為李鹿那突然其來的請託，讓一切計畫都泡湯了，現在連對申尚宮說話都還沒能如此輕鬆，但居然要他直呼殿下的名字？雖然基於殿下的央求，所以還是努力說出口了……

「我……我愛你。」

對於這輩子第一次輕鬆吐出的話語，韓常環感到十分尷尬，但好像感覺也滿好的……他那像機器人一樣的發音真的沒問題嗎？雖然這不熟悉的詞彙在喉嚨裡沙沙作響，但韓常環最終打算再稍微鼓起點勇氣，畢竟今天還沒能將自己最想對李鹿說的話告訴他。

「我愛你……小鹿哥。」

韓常環稍稍睜開緊閉的雙眼，李鹿明亮的雙眼充斥著無法說明的熱氣，炙熱的視線看向韓常環顫動的喉結與牙縫，再輕輕掠過乾燥的雙唇。

「所以……你可以……快點插進來嗎？」

「啊……我、我好像……不……不行了……」

當李鹿的食指和中指同時插入，韓常環翹起的屁股便顫抖了起來，明明不是故意那樣的，但是軟綿綿的底褲早已被汗水浸溼，緊緊地貼在了肌膚上，看來我們的祖先……知道什麼才是真正的情趣呢……

今天光用忙得不可開交來形容還不夠，真的是連習慣站在人群面前的自己都累到走神的一天。

李鹿甚至認為好險自己不是長子，而是次子，雖然只要一有不如意，就會故意表示要篡奪皇位，來惹太子不悅，但其實絕對不可能發生這種事，因為就連嘉禮都如此辛苦了，更何況是登基呢？

不過，在向全天下的人宣誓韓常環是屬於自己的之後，心情是真的感覺非常好。

今天的韓常環就像是沒有歷經過什麼苦難的人一樣閃閃發光，白皙的臉頰被渲染得紅紅的，用著適當得宜的速度彎下身子行禮，安靜地垂下視線並偶爾顫動著雙唇，看起來應該是在回想接下來的順序該是如何。

儘管如此，他那三不五時偷偷瞥向自己的眼神實在是太甜蜜，讓李鹿甚至出現了想直接抓著韓常環的手逃跑的想法。

他好想趕快見到韓常環，雖然舉行儀式的過程中，他都一直站在自己的身邊，但光是那樣看還是不夠。

好想緊緊抱住他、好想肆意撫摸他那不知道有沒有自己一半大小的小手，不過這絕對不是因為很久沒有發生關係所以才這樣。

只是……不論如何、不論用什麼方式，都好想趕快觸碰韓常環，若吻上他那纖細的脖子的話，似乎就會有點真實感，會有種真正結婚的真實感。

「呼……殿、下……啊……！」

也許是難以承受想射精的欲望，韓常瓌擺動起纖細的腰部，雖然打從李鹿瘋狂地吸吮乳頭或是撫摸腹部時，情況就開始變得有點危險。

「啊……呃嗯……」

當李鹿朝敞開的小洞再放入一根手指，韓常瓌被汗水浸溼的白皙頸部便垂了下去，而緊抓著被子的指尖也瞬間發白。

「射了？」

李鹿明明看著精液噴出的畫面，卻也還是開口問了。儘管韓常瓌知道李鹿是故意的，但他仍溫順地點著頭，報告自己的狀態。

「是……」

該怎麼說呢，如此乖巧溫順，什麼都不懂，但有時韓常瓌的行為和言語，還是有點……過分的感覺。

說好聽一點，就是這個像松鼠寶寶的小傢伙，有時候會做出好似小妖精般的誘人行為，就像他不久前結結巴巴地說著「我愛小鹿哥」一樣。

其實當時李鹿抓起大雁的時候，是因為知道韓常瓌的視線看向何處，所以才會故意伸出手的，那究竟是大雁還是鴛鴦，現在可沒有閒暇可以向他親切地說明這對自己根本就無暇理會的木雕。

不過還是在知道韓常環那雙稚嫩的眼睛在他的身上游移後，就故意表現得一副要他儘管心動的樣子。

本來是想慢慢地將赤古里的衣帶解開，然後一邊看著韓常環那害羞的紅臉，一邊解開布襪的繩結，在輕撫那柔軟的小腿後，以溫柔的手部動作環住他的腰……

但是……可惡，一切計畫都泡湯了，而且還是泡湯得非常徹底，雖然從以前開始就這樣，但只要和韓常環在一起，所有的計算都會變成不可能，雖然早就知道他的意外性總能讓人發狂，但根本就沒想過他會用這種方式，讓自己興奮起來。

本來只預想到他頂多會用著很害羞的嗓音，喊出「李鹿殿下」，結果他居然喊出了「小鹿哥」？還說「我愛你」？還說「快點插進來」！

「常環，你知道你已經射兩次了嗎？」

「可、可是……這裡、啊……」

也許是對於抽插後方的異物感感到吃力，李鹿緊緊抓住韓常環那老是要垮下的纖細身軀。

「我也想趕快插進去，但是我們不是好久沒做了嗎？」

「怎……怎麼了嗎……」

他那發出喘息聲的氣息實在是既甜蜜又色情到令人想罵人，即使用心急如焚來形容當下的心情也不夠準確，那是種身體裡的所有器官、某種不知為何物的東西自內心深處湧現的感覺。

「乖，這樣直接放進去，真的會被撕裂，剛才不也是這樣嗎？」

本來李鹿想要直接插進去的，結果卻因為過於緊繃而退縮了，儘管韓常璟的身後再怎麼與眾不同，這樣似乎還是有點危險，而他明明知道，卻還是一直搖頭說著沒有關係。

「殿下……為什麼您……」

「就說這裡沒有殿下了。」

「……為什麼……小、小鹿哥……啊、呃嗯……」

當李鹿的手指慢慢掃過內壁裡鼓起的地方，韓常璟的身體又顫抖了一次。

「我不是故意要欺負你，是真的怕你受傷。」

感覺若是一放進去，自己可能就會無法克制住，所以現在得事先將洞再撐得大一點才行，這可不是開玩笑的，如果照現在這樣直接插進去，小洞也許是真的會被撕裂。

「呃……哥……呃……」

「嗯，我在這。」

「為什麼……您為什麼沒有……」

「嗯？做什麼？我現在不是正在做嗎？」

「不是這個……說、愛……愛我……」

啊……

「您什麼話……也沒對我說……」

媽的，真的要瘋了……

「從剛才開始……呼……老是、啊啊！殿、下！」

當李鹿將那不停抽插小洞的手指一拔出來，累積的愛液便順著大腿流了下來，也許是因為那種感覺並不是那麼舒服，韓常環紅著身子打起了冷顫。

「讓我吸一下。」

「不、嗯、啊……啊，不、呃啊……！」

當李鹿將緊抓住骨盆的手向下並扒開臀部，溼透的小洞便發出水聲。韓常環並不是Omega，但因為無法確切地向大眾說明，所以也沒有硬是去解開他那透過實驗被打造成Omega的誤會，而廣惠院也說過很多次了，韓常環完全沒有變成Omega的可能性，但是……為什麼……

「啊、啊啊！」

「好甜啊，小環。」

明明就不是Omega……但韓常環卻像是在破壞一般狠狠敲打著李鹿隱藏的陌生本能。

「啊，呃呃！」

當李鹿像是要插入一樣將舌頭伸進去，那圓滾滾的屁股便顫動了起來，又射了嗎？但這溼潤的液體也流得太誇張了，因舔弄小洞而緊貼上的臉頰也沾到了那黏稠的液體。

「呃呃……」

「常環？」

他那咬著衾枕猛搖頭的樣子看起來並不尋常，當李鹿退向後方並輕輕地抓住他的手臂時，那纖瘦的身體就像是被魚叉纏住似地大力晃動起來。

「請……別……」

雖然韓常環的發音並不清楚，但他似乎是在說「請別盯著看」，因為興奮而暴走的李鹿這時才回過神。

「常、常環？你該不會在哭吧？」

「呃呃……」

呃……其實剛本來就打算對他說我愛你的，等插入之後一直到結束為止，一直一直告訴他這句話，但也許因為這鼓起勇氣所做出的告白沒有得到任何回應，而讓他感到傷心，韓常環聳動了好幾次的肩膀。

「小環，我……」

「啊，啊呃嗯……」

當李鹿將蜷縮著身體的韓常環轉過來，韓常環便發出一聲長長的哀叫聲，這不是呻吟聲，而是比較接近於嬌喘，因為經歷過幾次的射精，稀薄的精液流到最後，現在從龜頭流出的是透明清澈的水。

呃……該說傾洩了出來嗎？就像是水龍頭被打到最開一樣，透明的液體噴射了出來一樣。

「……小環，你沒事吧？」

韓常環雙眼無神，一副像是喘不過氣一樣。

「這……感覺太奇怪了……」

好不容易伸過來抓住自己的手十分炙熱，小小的身體燙得像是碰到就會被燒掉似的，但左手手上戴的戒指卻十分冰冷，這奇妙的差別就像是觸電一樣，讓後頸緊繃了起來。

「殿下呃呃……您、您都沒有這樣……每次都只有、我這樣……」

「不不不，那並不奇怪。」

李鹿讓韓常環躺好，並將被汗水浸溼的髮絲往後撥時，他便像是在撒嬌似地搓揉著被淚水浸溼的臉。

「每當你這樣的時候……」

因為翻身的關係而倒過來的衣帶貼上了韓常琛的臉，看著那沾上口水的性感嘴唇和不停眨著的純真眼眸，李鹿吞回了每一句炙熱的話語。

「真的高興到快瘋了……」

雖然想表現得成熟點，但每次只要跟你在一起，就會變得無法控制自己的心。

「我愛你。」

「殿下……」

「我愛你……常琛。」

謝謝你沒有逃走，謝謝你努力地撐了下來……真的很謝謝你，剛才一路走過來的時候，你有看到那些花嗎？很美吧？

我啊……為了找到這麼多蓮花，真的是累死了。啊，為什麼偏偏是蓮花？我也知道玫瑰花比較適合蜜月旅行……但奇怪的是，只要看到蓮花就會想起你，是因為我們初次相遇是在柳永殿的青玉橋前嗎？

當然，那應該也是其中一個原因……不過人們不都那麼說嗎？蓮花會在泥濘裡堅強地綻放，一聽到這種說法，我就想起了你，蓮花的堅韌不拔就像你一樣。

「呃……其實……」

仔細想想，真是那麼如此，在遇見你之前，我的人生只不過是如同泥濘般的的突變種Alpha，但是在遇見你之後，一切都變得不一樣了。

你突然來到了我面前，燦爛地綻放……嗯？常璟，你有在聽嗎？如果不是你，有誰能讓我如此……

「我愛你……」

靜靜聽著李鹿這毫無頭緒的告白，韓常璟伸出小小的手，並小心翼翼地抱住李鹿的背，當他笨拙地摸索著突出的脊椎線條時，戒指拂過肌膚的觸感讓身體一顫一顫的。他穿著布襪的腳抓不到平衡，在歷經幾次的打滑後，壓到李鹿的腰部。

不久前為止韓常璟還那麼難過，現在卻又悄悄安撫著他，韓常璟生疏的動作實在是可愛到令人想哭。

「跟你在一起的時候，我真的好開心。」

在李鹿的那句喜歡你喜歡得要死的補充說明之下，韓常璟將臉貼在李鹿的鎖骨附近，並小聲地嘀咕著。

「……來。」

「嗯？」

「我知道了……那……現在就真的……請您快插進來。」

仔細聽著韓常環那小小聲音的李鹿露出調皮的笑臉。

「哎呀，很囂張嘛！那你可不能中途退縮喔！」

「我、我才不會。」

「不久前還因為射出一堆像水一樣的東西，而嗚嗚哭個不停的是誰啊？」

「殿下！那、那是！」

李鹿終於脫下身上的睡衣，並「呼」的一聲吹出長長的氣息，屏風前面整齊排列的幾盞燭火一下子就熄滅了，寧靜的黑暗慢慢落在了兩人相疊的軀體。

李鹿抓起了那以生澀的動作撫摸著自己背部的手，當兩人十指相扣，便馬上就感受到戒指喀啷喀啷的交疊感，韓常環沾有水氣的睫毛上，掛著無法用言語說明的溫柔愛情。

李鹿閉上眼睛並慢慢低下頭，當兩人溼潤的雙唇相觸的瞬間，酸甜的水果香便隨著氣息蔓延了開來。

今天彷彿像是得到了全世界，而這漫長的初夜現在才正要開始。

——《柳樹浪漫 全書完》

高寶書版集團
gobooks.com.tw

CRS042
柳樹浪漫 04
버드나무 로맨스

作　　者　moscareto
譯　　者　徐衍祁
封面繪圖　月見斐夜
編　　輯　賴芯葳
美術編輯　林鈞儀
排　　版　彭立瑋
企　　劃　李欣霓

發 行 人　朱凱蕾
出　　版　朧月書版股份有限公司
　　　　　Hazy Moon Publishing Co., Ltd.
地　　址　臺北市內湖區洲子街 88 號 3 樓
網　　址　www.gobooks.com.tw
電　　話　(02) 27992788
電　　郵　readers@gobooks.com.tw（讀者服務部）
傳　　真　出版部　(02) 27990909　行銷部 (02) 27993088
郵政劃撥　19394552
戶　　名　英屬維京群島商高寶國際有限公司臺灣分公司
發　　行　英屬維京群島商高寶國際有限公司臺灣分公司
初版日期　2023 年 12 月

國家圖書館出版品預行編目 (CIP) 資料

柳樹浪漫 / moscareto 作 ; 徐衍祁譯 . -- 初版 . -- 臺北市 : 朧月書版股份有限公司出版 : 英屬維京群島商高寶國際有限公司台灣分公司發行 , 2023.12
　面 ;　公分 . --

譯自 : 버드나무 로맨스

ISBN 978-626-7362-32-7 (第 4 冊 : 平裝)

862.57　　112020789